鬼がくる

ゆめ姫事件帖

和田はつ子

時代小説文庫

角川春樹事務所

目次

第一話　ゆめ姫が悪霊との闘いを宣言する

一

師走《しわす》の晦日《みそか》は雪模様となった。

緊張と重苦しさに満ちた年越しが近づいている。

信二郎《しんじろう》は池本《いけもと》家の離れでまだ眠り続けている。池本家に泊まり込んでいるゆめ姫《ひめ》は亀乃《かめの》と交替で信二郎を見守り、日に何度か砂糖湯を匙《さじ》で与え、命を永らえさせている。

医師の中本尚庵《なかもとしょうあん》は毎日往診に訪れていたが、この日は、

「変わりありませんが、時折、脈が乱れるのが気にかかります」

眉《まゆ》を寄せた。

姫は玄関を出た尚庵を追いかけ、

「信二郎様のお加減はいかがなのでしょうか？　お身内にはお知らせできないことでも、他人のわたくしなら伺っても、動転して倒れたりはいたしませぬゆえ、どうか、お教えください」

相手に話を促した。

「たしかに、誰か一人は覚悟を決めておく必要がありますね」

沈痛な面持ちで頷《うなず》いた尚庵は、

「医師の立場から申し上げますと、秋月《あきづき》様は、ああして生きておられるのが不思議としか申し上げようがない状態です。昏睡《こんすい》に陥った場合、二、三日で息絶えることが多く、砂糖湯だけではこれほど持ちこたえられません。そもそも、あの状態で砂糖湯が喉《のど》を通ること自体が不思議です」

率直に告げた。

――やはり、そうなのだわ。信二郎様は精一杯の気力で今も悪霊と闘い続けていらっしゃる――

ゆめ姫はしっかりしなくてはと、自分に言い聞かせた。

自分も信二郎と共に悪霊と闘いたいと思ってはみても、いまだきっかけを摑《つか》めずにいた。皮肉なことに、信二郎が臥《ふ》してからというもの、夢一つ見ない。

そのあとに夢治療処《ゆめちりようどころ》へ戻った姫は藤尾《ふじお》と共に迎えの駕籠《かご》で城へ向かった。

たとえ、西の丸住まいではあっても、新年ともなると大奥ではさまざまな行事が立て続く。

たとえば、雪中御投物である。これは銀細工の大黒様や銭等を千代紙に包んで、節分の豆撒《まめま》きのように大奥の庭に投げ、御末《おすえ》（雑用係）に拾わせる。

投げるのは大奥最上位の身分の者と決められている。それで何年か前までは、御台所《みだいどころ》の三津姫《みとひめ》がその役目を果たしていたのだったが、冬の寒さが身に染みる年齢《とし》になったからと、今ではゆめ姫がその任を引き継いでいた。

信二郎の容態が気になって仕様がなくても、新年は大奥で過ごすしかなかったが、大奥での日々に多少の期待を抱いていた。

――末裔《まつえい》である那須原隆仙《なすはらりゆうせん》をこの世に放った道鏡《どうきよう》なら、天下一の位を狙ってくるはずだとすると、天下人である父上の新年の席に現れるのではないかしら？――

将軍家の正月料理には、祝事の色である赤い色とたい（鯛《たい》）の語呂《ごろ》が、めでたさの象徴である大鯛の姿焼き、茹《ゆ》でると真っ赤な祝事の色に変わり、長く伸びた髭《ひげ》が長寿の老爺《ろうや》を思わせる、伊勢海老《いせえび》の姿造り等高級な素材が使われている。

これらの素材は活鯛屋敷から選《よ》りすぐって、江戸城の御膳所《おぜんしよ》へ運ばれてくる。活鯛屋敷とは日本橋の魚河岸に造られた大きな生《い》け簀《す》で、鯛や伊勢海老の他にも、豪華な食材が常備されていた。

こうした豪奢《ごうしや》な料理にも増して将軍家ならではの正月料理がある。

千年生きると言われていた鶴《つる》もまた、長寿の象徴とされ、京の天皇の居住する御所では鶴の包丁と呼ばれる特別な儀式が行われる。将軍家では毎年、この鶴を御鷹野《おたかの》で捕獲し、塩漬けにして御所へ進献する一方、叩《たた》いて椀物《わんもの》の正月料理にしていた。

――表向き、天子様がおわすけれど、日の本を治めている天下人は徳川《とくがわ》。法王から天子様に取って代わろうとした道鏡なら、年明けならではの将軍家の賑《にぎ》わいが癪《しゃく》に障《さわ》って、お城へ乗り込んでこないとも限らない――

ゆめ姫は御膳所近くで待ったが、悪霊が現れる気配はいっこうになかった。

これ以上あり得ない豪華な正月料理をたらふく食べて、御酒《ごしゅ》も入っている女中たちは、別腹でカステイラや金平糖を摘《つま》みつつ、よもやま話を始めた。

「聞いたところによると、鰻八《うなはち》の主八五郎《あるじはちごろう》が、暮れの内に刑場の露《つゆ》になって果てたそうですね。ご存じでしょう？」

市中通を自他ともに認める古株のお毒味役がふと洩《も》らした。

「まあ――」

それを聞いたとたん、ゆめ姫の顔は真っ青に変わった。

「嘘《うそ》でしょう」

大声を上げた。

「本当です」

お毒味役の声は小さかった。

「信じられない、罪もないのに刑死なんて――」

姫は身を翻《ひるがえ》すようにして、廊下を走った。

「口にされてはいけないことでしたね」

付き添っていた藤尾は小言を言った。

「ゆめ姫様がおられるとは知らず、つい軽口を叩きました。どうか、どうか、お許しください」

お毒味役は平伏し、泣くような声になった。

「わたくしも存じてはおりましたが、ゆめ姫様の耳には入れておりません。このような下々の、しかも、新年早々めでたくもない話を姫様のお耳に入れてはならないのです。以後気をつけてください」

藤尾は厳しく諭したが、内心は、

――今のお役目を続けるならば、いずれは知ることになるのですから、しっかり胆を据えていただくべきなのでしょうけれど、信二郎様のご病状のこともあり、すぐに伝えるには余りに酷《ひど》すぎる――。姫様は八五郎の刑罰を少しでも軽くしたくて、霊に操られていた事実を必死に暴いたのだから。この結末ではあまりに悲しすぎるし、甲斐《かい》がなさすぎる――

複雑な思いでいた。

大奥で三箇日《さんがにち》を過ごしたゆめ姫と藤尾は、四日の早朝、西の丸の裏門から駕籠で夢治療処へ戻った。

途中、姫は藤尾を待たせて、池本家へ立ち寄り、家の者たちと新年の挨拶《あいさつ》を交わした後、離れの信二郎を見舞った。

「変わりありません」

往診に訪れていた尚庵の言葉に、

――よかった――

姫は胸を撫《な》で下ろした。自分のいない間に信二郎の身に何かあったらと、気掛かりでならなかったのである。

姫が亀乃に代わって砂糖湯を信二郎に飲ませていると、

「ゆめ殿、正月の二日、南町奉行所定町廻《じょうまちまわ》り同心の山崎正重《やまざきまさしげ》殿が役目であなたの夢力を借りたいと言って当家を訪れ、あなたを探しているようでした。親戚《しんせき》のところへ新年の挨拶に出向かれたと話しておきましたが、急を要することのようでしたので、早急に会ってやってください」

総一郎《そういちろう》が部屋に入ってきた。

「ええ、でも、わたくしは――」

姫が躊躇《ちゅうちょ》していると、

「それは、わたしが代わりましょう」

総一郎は姫から砂糖湯の入った湯呑《ゆの》みと匙を取り上げた。

「あなたのいない間に母上に教えていただきました。大丈夫、これはわたしで間に合います」

それでも姫がうつむいてその場を動かないでいると、

「常の信二郎なら、わたしよりも、もっとはっきりとお役目を大事にしろとあなたに言うはずです。違いますか？」

総一郎は言い切った。

「そうでした」

ゆめ姫は待たせていた藤尾と共に夢治療処へと戻ると、山崎の許《もと》へ人を走らせて帰宅を告げた。

山崎が訪れるまでの間、ゆめ姫はぽつねんと縁側に立っていた。霊が立つことの多い、からたちの生《い》け垣《がき》のあたりを見ている。

「見えたのですか」

藤尾が声をかけた。

「いいえ」

「きっと成仏したのですよ」

「でも――」

姫の目は涙で濡《ぬ》れている。

――今にも壊れてしまいそう――。この御方《おかた》の心の細やかさ、傷つきやすさは、徳川の姫様という育ちの良さからだけではなく、生まれ持った優しさからくるものなのだわ。ああ、どうしたら――

途方に暮れた藤尾は、

「わたくしが八五郎なら、もう、死ぬのは怖くも嫌でもなかったと思います。どんな理由《わけ》があったにせよ、娘を手にかけておいて、生き永らえようと思う親はおりますまい」

　思いきった物言いをしてみた。

「それでは、悪霊の思う壺《つぼ》です。わらわはそれが口惜《くや》しくて――」

「おや、それでは、姫様のその涙、悔し涙だったのですね」

　藤尾はいささか心が軽くなった。これを機に、姫の心が翳《かげ》り続けることを案じていたのである。

「わらわには、人を助けるという尊い使命があるのです。それが今回、叶《かな》わなかったのだとわかって、わらわは自分の力不足が悲しく、辛《つら》いのです」

「そんなことはありません。姫様のおかげで恐ろしい事件の真相が突き止められたのですから。山崎様から真相を伝え聞いた八五郎は、〝よかった、これで手にかけてしまった冥《めい》途《ど》の娘おくにに、事情を話すことができる。許してくれるかどうかはわからないが、魂が腐っていたのは一時だったのだと説明できる〟と涙を流して、安堵《あんど》していたと聞きました」

「悪霊さえいなければ、八五郎さん一家は今でも、仲睦《なかむつ》まじく暮らしていられたのですよ。わらわは、鬼のような悪霊の所業を、決して許すことはできません」

「悪霊退治ともなれば、涙はお似合いになりませんよ」

　藤尾の言葉に、ゆめ姫はあわてて涙を拭《ぬぐ》い、無理やり微笑《ほほえ》んだ。

二

山崎が訪れ、型通り、新年の挨拶が交わされた後、

「まずはご報告があります」

八五郎の刑死が伝えられた。

「すでに聞いております」

もはや、ゆめ姫は大奥でのように取り乱さなかったばかりか、

「一つ、どうしても、お訊《たず》ねしたいことがございます」

冷静な口調で山崎を見据えた。

「何ですか」

あまりに姫の目色が必死だったので、思わず山崎はたじろいだ。

「なぜ、八五郎さんは死罪になったのでございます？」

「それは――」

山崎は言い淀《よど》んだ。

「人を殺《あや》めれば死罪と、御定法《ごじょうほう》で決められておりますから」

「それなら、八五郎さんは死罪にならぬはずです。娘さんを殺めたのは、悪僧道鏡の執念と化した那須原隆仙の悪霊なのですから」

「残念ながら、奉行所は悪霊の仕業だとはみなさなかったのです」

「わたくしのお役目の果たしようが、皆様のお気に召さなかったのですね」

「残念ながら、あなたの力を信じていない者が多いのです。あなたの夢力が発揮されたのは今度が初めてではありません。わたしは、あなたが、前に、秋月殿の従妹《いとこ》を殺した下手人を探し当てた事実を知っています。わたしは嘘偽《うそいつわ》りなくあなたの力を心から信じています」

山崎は姫に真顔を向けている。

「ありがとうございます」

ゆめ姫は頭《こうべ》を垂れた。

――信二郎様があのようなご様子になってしまった以上、わらわの力は奉行所内では山崎様にしか信じていただけないのだわ――

姫は奉行所での自分の立場をひしひしと感じて唇を噛《か》みしめた。

「今回の悪霊の件では、那須原家に伝わっていた〝那須原隆仙伝〟に原因がありました。これをいくら呪《のろ》われた書だと説明しても、見たことのない悪霊など信じることはできない、栗川玄伯《くりかわげんぱく》も八五郎も殺したことを認めている、それ以上、何があるのかと突っぱねられてしまいました。わたしの手柄となっていた前の件のことを〝実はゆめ殿が――〟と話しても、前のもこれも眉唾《まゆつば》、まやかしだというのです。残っていた〝那須原隆仙伝〟が、すべて焼かれてもうこの世にないという事実も、禍根《かこん》を遺《のこ》さない適切な始末だったというのに、信憑性《しんぴょうせい》を欠くとされてしまいました。わたしとて、間違いなく悪霊に唆《そそのか》された八五郎を、死罪ではなく、罪一等を減じ、せめて遠島《えんとう》にしてやりたかったのですが――。この裁きは残念でなりません」

山崎は苦い表情で、続けた。

「さぞかし、お辛かったでしょう」

ゆめ姫は相手に微笑みかけ、

「山崎様のご苦労に報いるためにも、わたくし、奉行所の方々に認めていただけるよう頑張ります。どうか、これからもよろしくお願いいたします」

先ほどよりも深く頭を下げた。

――奉行所の方々の信頼を得てこそ、力を合わせて悪霊退治ができるというもの――

「驚きました」

山崎は目を瞠《みは》り、

「実はわたし、八五郎の裁きで心が折れかけていたのです。しかし、まさかあなたに励まされようなどとは思っておりませんでした」

恥じ入った様子になった後、

「あなたの並外れた力を奉行所の方々に示すには、誰もが注目する難事件を解決することです。実は今、ある事件で奉行所は四苦八苦しています。是非ともお力を貸していただきたくお願いに上がったのです」

「是非、それに関《かか》わらせてください。わたくしに機会をいただきたいのです」

「わかりました。では、力になっていただきたい事件についてお話しします」

山崎は二十日ほど前に起きた事件について話し始めた。

「手習いに通う男の子が行方《ゆくえ》知れずになりました」

「神隠しですね」

「男の子は八歳、名は太郎《たろう》。米問屋庄内屋《しょうないや》の後継ぎです」

庄内屋は江戸で一、二を争う米問屋であった。山崎は先を続けた。

「これだけの大店《おおだな》の後継ぎがいなくなったとなれば、恨みか、金子《きんす》目当ての人攫《ひとさら》いと誰もが思います」

「違ったのですか?」

「当初は親たちも奉行所もそう考えましたが、庄内屋の主は仏の又兵衛《またべえ》と言われている人で、恨んでいる者など、いくら探しても見つかりませんでした。今のところ、金子をもとめる文も届いていません」

山崎は両手で頭を抱え、さらに先を話した。

「太郎は一人で市中を歩くことなど滅多になかったので、迷子札を身に付けておらず、そのため市中の迷子石を一つ残らず調べましたが、太郎らしき子どもについての言伝《ことづて》はなかったのです」

名・年齢《とし》・住まいなどを木札に書いて、子どもに身に付けさせたり、守り袋に入れておくのが迷子札である。迷子札のない子が見つかると、その背格好、着ているものなどを紙に書いて、迷子石に貼《は》っておく。

迷子石とは迷子を親元に帰すための伝言板的役割を持っていた石柱のことで、これには迷子を見つけた人だけではなく、子どもが迷子になった親も、子どもの人相や着物のほか、黒子《ほくろ》や傷といった特徴、クセなどを書いて貼った。

「もちろん、物乞《ものご》いたちのねぐらもしらみつぶしに調べました。それでも見つからないというのはおかしなことです。物乞い女などが、子ども可愛《かわい》さに拐《かどわ》かして、自分のねぐらに連れ帰るなどしていたのだとしたら、すぐに見つかるはずですから。相手は庄内屋ですから、奉行所は休みを返上してそれはそれは熱心なのにもかかわらず――」

大店ともなると、賄賂《わいろ》や付け届けも多い、ましてや大事な跡取り息子を捜し出してくれたとなれば、礼金の額とて半端のはずがなかった。庄内屋も例外ではない。熱心に捜してほしい、一刻も早く、元気な顔を見たい、この手で抱きしめたいの一念で、湯水のごとく奉行所への出費を惜しまないでいた。

「正月気分にひたるどころか、お奉行から、あれはどうなったかと訊《き》かれるのが、辛いです」

山崎は正直な心境を口にして、

「攫《さら》われたとしたら、いったい何のためにでしょうか？」

ゆめ姫の顔を見つめた。

「奉行所では太郎という子どもは、今どうしているとお考えなのでしょうか？」

今度は姫が山崎の目を見た。

「一番考えたくないことから申しましょう。事故か、飢えか、殺されたのか、理由はわかりませんが、すでに命を落としているという説。あと一つは庄内屋の子どもと知らずに人攫いに捕らえられ、船に乗せられて、遠国へ売られて行ったという説。これはまだ生きているのだから、救いがあるような気がしないでもないのですが、売られた先での仕事は厳しく、朝から晩まで、満足な食も与えられずにこきつかわれ、耐えかねて結局は命を落とすのだと聞いています。ましてや、大事に育てられた大店の後継ぎとなると、生き延びられるとはとても思えません。ですから、どちらも心から子どもの無事を祈って信じている両親には、口が裂けても言えぬことなのです」

山崎は苦悶《くもん》の表情を浮かべた。

「太郎ちゃんの持ち物はありますか」

ゆめ姫は太郎の行方を夢で探ろうと決意した。

「今は持ち合わせていませんが、守り袋を預かっています」

「お守りを？　普通は肌身離さないものでは？」

「普段はそうしていたようです。この日に限って、自分の部屋の文机《ふづくえ》の上に忘れて、手習いに出かけたそうです。気がついていれば、追いかけて持たせたのにと、お内儀がしきりに悔いていました」

この日の夕方、山崎は太郎の守り袋を届けてきた。ゆめ姫はこれを枕元《まくらもと》に置いて、床に就いた。

——太郎ちゃん？——

夢の中で呟《つぶや》いた。

太郎と思われる男の子が朝餉《あさげ》の膳《ぜん》に向かっている。

〝どうして、いつも魚が付くのかなあ〟

太郎の箸《はし》は焼いた鮭《さけ》の方へは伸びない。

〝毎日、卵焼きがいいなあ〟

〝卵焼きは昨日出ましたでしょう？　好きな卵焼きと嫌いな魚を交替で食べないと、丈夫にお育ちにならないとお母様《かか》がおっしゃっていたでしょう、大好きなお母様のためにも頑張って召し上がってくださいい〟

太郎を見守っているのは、年の頃、十四、五歳の小女であった。痩《や》せて小柄な少女である。

〝この頃は、おとみの方がおっかさんより優しい。お弁当に大きな卵焼きを入れてくれるし、甘すぎるからむしばになると、おっかさんから止められている黒砂糖をこっそり、夜、舐《な》めさせてくれたもの〟

〝あれは、ちゃんと手習いのおさらいをなさったご褒美ですよ。でも、その話、他の人にはなさらないでくださいね。お内儀《かみ》さんの耳に入ったら、このおとみが叱《しか》られてしまいますから〟

〝わかっているよ。大好きなおとみが、叱られたりなぞしたらいやだもの――〟

太郎はあどけない目を潤ませた。

三

場面は変わって店の前である。

〝行ってくるね。今日もおとみのために、真面目《まじめ》に手習いに励んでくるよ〟

〝行ってらっしゃいまし〟

おとみは辞儀をして太郎を見送った。

〝矢七《やしち》さん、よろしくお願いします〟

矢七というのは庄内屋の手代の一人である。大店の子どもともなると、奉公人が手習いの行き帰りを送り迎えする。

この時、太郎の懐《ふところ》からお守り袋が落ちた。気がついたおとみはすぐに拾ったが、何を思っているのか、声もかけず、追いかけて渡そうともしない。矢七に付き添われた太郎はずんずんと歩いて遠ざかった。

そこで目が覚めた。

――たしかに太郎ちゃんの夢ではあったけれど――

あまりに変哲がない日常の夢であった。

――引っ掛かるとしたらお守りだわ。でも、何の意味があるのかしら――

姫は身仕舞いをして朝餉の膳に向かった。

「あら、卵焼きだわ」

夢にも卵焼きの話が出てきていた。

「卵焼きに大根おろしをかけた菜《さい》は、姫様の大好物ですからね」

藤尾は精進の甲斐あって、姫の好む卵焼きだけは何とか作れるようになっている。

「藤尾、これをどう思います？」

ゆめ姫は夢で聞いたやりとりを口にしてみた。

すると藤尾は、

「坊ちゃま想《おも》いの奉公人の顔は、いかがでした？　たぶん年増《としま》ですよ。食べ物で忠義を見せるには年季がいるものなのですから」

自信たっぷりに言い当てようとした。

「いいえ、そうではないわ。十四、五歳の若い娘さんです」

「それ、少しおかしいですよ。十四、五歳ということは、奉公してからそうは経ってないということでしょう？　そんな若い身空で、長年、世話を焼いてきたばあやみたいに、痒《かゆ》いところに手が届くように尽くしているのだとしたら、これは何か魂胆あってのことに違いありません」

藤尾がそう言い切った時、山崎が訪れた。

「夢のことがどうしても気になって。この件に関して、あなたが夢を見ないはずはありませんからね」

小女になついている太郎の様子を聞いた山崎は、

「どうということのない夢のように思えますが、おとみという奉公人が守り袋を拾っておきながら、追いかけて渡さなかったのはおかしな話ですね。親身に食べ物の世話を焼くほど坊ちゃん想いだというのに、守り袋を落としたままにしておくというのは腑《ふ》に落ちません」

「たしか山崎様は、お守りは太郎ちゃんが文机の上に置き忘れたとおっしゃっていましたね」

「そうでした。これはもう、どうして店先で拾った守り袋が部屋にあったのか、おとみに訊いてみるしかありませんね。正式な調べではないので、上の耳に入って、お咎《とが》めに合わぬよう、十手は持たない方がよさそうです」

山崎は巻羽織にしてあった羽織を脱ぎ、刀を落とし差しにし、姫を促して芝宇田川町《しばうだがわちょう》にある庄内屋へと向かった。

「はて、どのように話を切りだしたものか――」

山崎が腕を組んで考えあぐねていると、

「お米の話をすればよいのです。わたくしにお任せください」

ゆめ姫は臆《おく》せず、応対に出た庄内屋の手代に、

「おたくのお米が評判になっております。昨年、みたらし団子にこの店の米粉を試したところ、たいそう美味であったと——。うちでももとめて、あられ等を作ってみようと思っているのです。ひいては、ここにいるおとみさんという方にお話を伺いたいのですが——」

「おとみでございますか？」

手代は目を白黒させた。

「小女のおとみは奥向きの仕事をしていて、米を使った料理をお客様にお教えするなどの表の商いに関わっておりませんが」

「あたしの習い事の友達がおとみさんから聞いて試したと——」

ゆめ姫はお志《し》まを真似《まね》て、あたしという言葉を使ってみた。

「お見うけしたところ、お客様は大店のお嬢様。お嬢様のお友達も、きっとそれなりのお嬢様のはずです。おとみとお客様のお友達がお親しいとは、とても思えません。何かのお間違いでは？」

手代は困惑顔である。

——そう来るとは——

一瞬、姫は言葉に詰まったが、

〝あたしが代わって言ってあげるわよ〟

お志まの声がして、

「くどくど言わないでおとみって奉公人と会わせてちょうだいな。あたし、おとみって女の子が友達に話した、これぞという濃ーい甘辛タレのお団子が食べたいんだから——。ところで、あんた、みたらし団子の作り方って知ってる？　教えてあげようか——」

お志まは姫の口を借りてみたらし団子の作り方をまくしたてた。

「まずは醤油《しょうゆ》と砂糖、味醂《みりん》、水、片栗粉を合わせて小鍋《こなべ》で温めるでしょ。冷めるとトロミが強くなるから、ほどほどのところで火から外す。ここまではタレ。次は、いよいよお団子の番。白玉粉に水を少しずつ加えて、耳たぶ位の柔らかさになるまで煉《ね》ってから、冷やご飯を加えて更に煉り合わせるの。水気が少なければ水を少しずつ加えながら煉り合わせ、親指の頭ほどの大きさに丸め、熱湯に入れてゆでる。浮いてきたら冷水に取って粗熱を取り、笊《ざる》に上げてしっかり水気を切る。この団子を皿に盛り、そうそう、串に刺してもさまになるわね、タレをかけ、その上にぱらぱらときな粉を振って出来上がり。コクと風味が増すきな粉はくれぐれも省かないように。小腹が空いた時にいいし、お茶請けにも酒の肴《さかな》にもなるし美味《おい》しいわよぉ。まさに甘辛味好きの江戸っ子料理でしょ？」

——念の為、お志まさんの信玄袋《しんげんぶくろ》を持ってきてよかった。でも、お志まさんの話には米粉のこの字も出てきていない。大丈夫かしら——

姫は案じた。

しかし、姫というかお志まの勢いにすっかり閉口して、苦虫を嚙《か》み潰したような顔になった手代は、

「どうしても、おとみでなければいけませんか」

「もちろんよ」

この言葉は姫自身が言った。

「わかりました」

渋々店の奥へ入った手代は、ほどなく、おとみを連れて出てきて、

「お客様がおまえをご指名なのだから、仕方ないが、余計なことは言うなよ」

ぐいと睨みつけた。

「何かの間違いです、あたしはただの下働きで――」

おとみは怯《おび》えきった。

「まったく、おまえに商いに通じる米料理の話など、どこまでできるものやら――」

手代は吐き捨てるように言った。

「あたしは奉公にあがって日も浅く、商いのことなぞ何もわかりません。お米なんてあまり食べさせてもらえませんでした。麦や稗《ひえ》、粟《あわ》ばかり食べて育ったせいで何もわかりません」

おとみは困惑顔を姫たちに向けた。

「もしかしたら、これは間違いかもしれませんね」

ゆめ姫は手代に微笑み、

「誰かがおとみさんの名を騙《かた》って、広めた評判かもしれないと思えてきました。けれど、

損ではないでしょう？　きっとその方は米粉とお団子にうるさい方に違いありません。そして、たぶんこのおとみさんの近くにいるはず。是非とも、おとみさんと話をさせていただかねば――」

優しいまなざしをおとみに向けた。これももちろん、姫自身の言葉であった。

「ここでですか？」

手代はそんな話なら外でしてくれという顔をした。

「近くの甘酒屋ででもと――」

初めて山崎が口を開いた。

「そうしてくださると有り難いです」

ほっと肩で息をついた手代は、やっと、他の客たちに笑顔を振りまく余裕を取り戻した。

山崎の後について、ゆめ姫とおとみは歩き出した。

「何も知らないあたしに、米粉の何をお訊きになりたいんですか」

おとみは青い顔をしている。

「米粉のことではありません」

「だったら、あたし何も――」

甘酒屋の前で踵《きびす》を返そうとしたおとみに、

「あなたが拾って、太郎ちゃんの文机の上に置いたお守り袋のことです」

ゆめ姫はずばりと切りだした。

「覚えのないことです」

後ろ姿のおとみの肩が震えた。

「江戸中を探しても見つからない太郎ちゃんは、今、酷い思いをしているに違いないのです」

ここで山崎は太郎の身の上に起きているかもしれないこと、どちらも救われないとする説をおとみに話して聞かせた。

すると、おとみの肩はいっそう震えて、おいおいという泣き声が加わった。

「あなたはあれほど尽くしていた、太郎ちゃんの行方を気にしておいでのはずです」

「坊ちゃまがあんなにお好きだった卵焼きを、召し上がれないでいるだなんて――」

おとみが振り返った。

顔が涙にまみれている。

「どうして、お守り袋を追いかけて渡さなかったのか、理由を話していただけますね」

「はい」

涙を拭《ぬぐ》ったおとみの背を押し、三人は甘酒屋に入り、床几《しょうぎ》に腰を下ろした。

四

「あたしのおとっつぁんは腕のいい大工で、おっかさんは煮炊きが得意で明るい気性でした。下に五つ違いの弟もいて、暮らしは楽ではなかったけれど、長屋の人たちは皆、いい人たちで助け合って暮らす、楽しい毎日でした。ところが、二年前、悪い風邪《かぜ》が流行《はや》りました」

――たしか、あの時の風邪騒動はお城にも及んで、一時、御用商人たちの出入りが禁止になったほどだったわ――

姫は浦路《うらじ》が陣頭指揮を取って、江戸城内に備蓄してある米俵を、力自慢の女中たちに運ばせていたことを思い出していた。

「長屋はお年寄りが多かったので、次々に死んで行きました。とうとう、残ったのはうちだけになったのですが、もともと身体《からだ》の弱かった弟が罹《かか》ったのがはじまりで、おっかさん、おとっつぁんとばたばた倒れていきました。なぜか、あたしだけは罹らずに家族の世話をしていました。おとっつぁんが働けないので食べ物に事欠くようになった時、おとっつぁんもおっかさんも口を揃《そろ》えて、自分たちは食べないでいいから、弟とあたしに食べるようにと言ったのです。皆で分けようとあたしが言っても、そんなことをしたら、皆死んでしまうと二人は聞き入れませんでした。二人は病のせいもありましたが、粥《かゆ》一匙口にせずに息を引き取りました。弟は粥さえ食べようとせず、後を追うように死にました。親より先に死ななかった弟は親孝行です」

おとみは身体も声も震わせている。

「あたし一人が残りました。ささやかな野辺送《のべおく》りの日、集まった人たちの話の中から〝米問屋の庄内屋は、仏の又兵衛と言われているが眉唾ものだ。今度の風邪の騒ぎの際には、粥に炊く米の施しひとつしようとしなかったんだからな〟というのが聞こえました。それであたしは庄内屋さんを憎みはじめたのです。あたしのうちにお米がもっとあって、お粥を食べさせてあげることができたら、おとっつぁんたちも生きていたはずだと、思えてならなかったからです」

「それで庄内屋さんへの復讐《ふくしゅう》を思いついたのですね」

「庄内屋さんがあたしから、おとっつぁん、おっかさん、弟まで奪ったように思えたからです。庄内屋さんも大事なものを奪われたら、あたしの気持ちがわかるだろうと――」

「太郎ちゃんを復讐の道具にしようとしたのですか」

「いいえ、偶然でした。庄内屋さんでは、坊ちゃまの我《わ》が儘《まま》や偏食を何とかしたいと、諭《さと》しながら世話をする人を探していたところだったんです。あたしは弟の世話をしてきたので、男の子の扱いに慣れていました。男の子は女の子と違って自尊心が高いので、うんと褒めて甘えさせてやると、言うことをきくようになるんです」

「太郎ちゃんが落としたお守り袋を、追いかけて渡さなかったのは復讐心のなせる業ですね」

「あたしは坊ちゃまをとても――」

おとみはこみあげてきた涙のせいで言葉が続かなかった。

「あなたのその様子では、太郎ちゃんに情が移って、復讐の道具にすることなどできはしなかったのでしょう？」

「あたし、坊ちゃまが弟みたいに思えて、可愛くてたまりませんでした。坊ちゃまのお世話をするのが楽しい毎日でした。正直、復讐なんて忘れていました。とても幸せだったんです。けど、あの朝、坊ちゃまが落としたお守りを拾った時、なぜか、亡くなった両親《ふたおや》や弟の顔が浮かんできて、あたしだけこんなに幸せでいいんだろうかって思ったんです。そう思ったとたん、お守りを袂《たもと》に入れてしまっていました。そのうちに矢七さんと坊ちゃまは見えなくなって――。その後すぐ、あたしが今、幸せなのを家族は喜ぶことはあっても、絶対嫉《ねた》んだりはしないって思い直して、坊ちゃまの文机の上にお返ししておいたんです。誓って申し上げます。あたしは坊ちゃまの不幸を願って、お守りを隠したわけじゃありません」

「よくわかっていますよ。ただ、ふと心が迷っただけなのでしょう」

「でも、そのせいで坊ちゃまはあんなことに。旦那《だんな》様やお内儀さんも、坊ちゃまがこんなことになったのは、お守りを忘れて行ったからだと大変お嘆きになっておいでです。ああ、何もかもあたしが悪いんです」

おとみは両手で自分の顔を覆った。

その時、急に姫の見ていた世界が漆黒の闇《やみ》に変わった。

――白昼夢が訪れるのだわ――

闇の中を流れる川の音がした。見えてきたのは光と融け合うかのような河原であった。男の子の背中が見えた。

〝一つ、二つ、三つ〟

数えながら懸命に小石を積んでいる。

〝賽《さい》の河原《かわら》なのかしら？〟

賽の河原というのは、死んだ子どもの行くところと言われる、三途《さんず》の川の河原である。子どもは父母の供養のために小石を積み上げて、塔を作ろうとするが、常に見張っている鬼に絶えず崩されてしまう――

白昼夢はそれだけであった。

――すでに太郎ちゃんは死んでしまっているかもしれない――

やりきれない想いがゆめ姫の心を浸した。

――でも、まだあそこが賽の河原と決まったわけではないのだから――

最後まで希望は捨てまいと思い直した。

「出かける時に付き添っていた、手代の矢七さんは太郎ちゃんと親しかったのかしら？」

――小石に何かあるのかもしれない――

「矢七さんはこの店で一番若い手代なので、坊ちゃまのよい遊び相手になっていました」

「その矢七さんをここへ呼んできてくださると有り難いのだけれど」

「矢七さんの話が坊ちゃまを捜す手がかりになるかもしれないんですね。わかりました。何とかここへ呼んできます。ただ、何の用だと訊かれそうなので、その時はどう応《こた》えたらいいでしょうか」

「それは──」

姫が戸惑っていると、

「奉行所では頼りにならないので、旦那様ご夫婦が雇った、江戸屈指の人捜し屋が呼んでいるとでも言って連れ出すように」

山崎が慣れた物言いで方便を口にした。

しばらくして、おとみに伴われて矢七が甘酒屋に入ってきた。

「いったい、何なんでしょうね」

まだ、二十歳《はたち》そこそこの矢七はふてくされた様子で、胡散臭《うさんくさ》そうに二人の方を見た。

「ずいぶん豪勢な様子の人捜しですね」

姫の振り袖《そで》に目を投げる。

「どう見ても、どこぞの大店《おおだな》のお嬢様と用心棒にしか見えませんよ」

「実はそうなんだ。さしさわりがあるので、店の名は言えないが、このお方はさる大店のお嬢様で俺は用心棒。お志まお嬢様と重田《しげた》とでもしておこう。実はこのお嬢様と俺は、知る人ぞ知る、人捜しの名人なのだよ。もとより仕事でやっているのではない、気概で引き受けているのだ。跡取り息子がいなくなって、気落ちしている庄内屋さんが気の毒でならず、こうして一肌脱ごうとしているのさ」

──なかなかの名口上！──

「ですから、どうか、ご存じのことを話してください」

姫は頭を垂れて頼んだ。

「そう言われてもねえ。知っていることは残らずお上に話してますから。だから、もう話すことなんてありませんよ」

矢七は突っぱねるように言った。

「河原の小石のこともですか」

姫はこの言葉に賭《か》けた。

「あんた、何で――」

矢七の顔が青ざめた。

「やっぱり、思い当たることがおありなのですね」

「な、ないですよ、あるはずないです」

矢七は姫の視線を避けるようにうつむいた。

「あるはずです」

ゆめ姫は言い切った。

山崎はにやりと笑い、がらりと口調を変えて、

「隠し立てはよくないよ、矢七さん。あんた、今、お嬢様がおっしゃったことをお上に言わなかったんじゃないのかい？　俺たちはね、定町廻りの同心とも親しいんだ。だから、かくかくしかじかと八丁堀《はっちょうぼり》の旦那に申し上げて、あんたをお縄にして、責め詮議《せんぎ》にかけて訊いてもらってもいいんだ。責め詮議が死ぬほど辛いってのは、誰でもわかってること

だ」

矢七に迫った。

「責め詮議――」

矢七はあまりの恐ろしさによろけかけた。

「正直に今、話してくれれば、俺たちはお上にあんたのことを言ったりしないし、あんたも責め詮議を受ける羽目にも陥らない。矢七さん、俺の言っている意味はわかるね？」

さらにまた、山崎はにやりとした。

すると矢七は赤い毛氈《もうせん》が敷かれた縁台から蝗虫《ばった》のように跳ね上がって、地べたに平たくなった。

「てまえは大したこと、ほ、ほんとにしてはいないんです。てまえはただ、坊ちゃまに頼まれて、帰り道、時々、綺麗《きれい》な石がある河原へ寄り道していただけです。坊ちゃまは綺麗な小石を集めるのがお好きなんです。あの日、坊ちゃまがいなくなった日、てまえはいつものように、庭で坊ちゃまの手習いが終わるのを待っておりました。今日あたりは、寄り道におつきあいしてもいいかなと思ったりしていたのです。すると、どうでしょう。手習いが終わって、他の子どもたちが出てきても、坊ちゃまの姿はありません。お師匠さんにお訊ねすると、坊ちゃまはとっくの昔に店に戻ったはずだとおっしゃるではありませんか。坊ちゃまは、〝今日は大事なお客様があるので、両親《ふたおや》から早く戻るようにと言われている〟と、早退《はやび》けの理由をお師匠さんに告げて、勝手口から出て行ってしまわれていたんです」

五

「あなたは自分が責められると思い、太郎ちゃんが勝手に早退けしたことだけ、ご両親やお上に伝えていたのですね？」

姫は矢七を見据えた。

矢七は黙ってうなだれた。

「太郎坊ちゃんと寄り道して立ち寄っていた河原へは行ってみたんだろうな」

山崎の言葉に、

「もちろん、すぐにまいりました。近くの小さな寺に住むご住職様にお訊ねしたのです。けれど、ご住職様はそんな子どもは見かけなかったとおっしゃったのです。てまえなりに坊ちゃまを案じていたのです」

「よくもそんなことが言えるわね」

おとみは眉を吊《つ》り上げた。

「そもそも、あんたが坊ちゃまに寄り道なぞ覚えさせるから、こんなことになったんじゃないの」

おとみは憤《いきどお》った。

「そういわれてしまえば、それまでだが」

矢七はうなだれたままである。

「その河原はどこにあるんですか?」

「金杉川《かなすぎがわ》に架かる将監橋《しょうげんばし》の西あたりです」

「増上寺《ぞうじょうじ》の横手だろ。そりゃあ、また寂しい場所だな」

山崎が呟いた。

「ところで、あなたも太郎ちゃんと一緒に石拾いをしたのでしょう?」

ゆめ姫は訊いてみた。

「ええ、まあ、見ているだけでは何ですから。そうやって半ば競いあった方が、坊ちゃまも喜ばれますし――」

「拾った石はどうしました?」

「それなら、お守り代わりにしているのがここに一つあります」

顔を上げた矢七は袂を探って、親指の先ほどの小石を取り出し、掌《てのひら》に載せてゆめ姫に差し出した。

「石にくわしい坊ちゃまの話では、この石にはほんの僅《わず》かだけれど、水精《すいしょう》みたいなもんが入ってるそうです」

水精とは水晶のことである。

「太郎ちゃんは水精など貴重な石が好きだったのですね」

「ぱっと見て綺麗な石もよいけれど、滅多に見つけられない石を見つけるのは、それにも

でしょう」

「八歳の子がずいぶん大人びたことを言うものだと感心しました。どこで習ったことなの
増して楽しいとおっしゃっていました」

　姫は首をかしげた。

「それなら、河原近くの寺のご住職様、明如様《めいによ》です。てまえと坊ちゃまが石拾いに金杉川に寄っているうちに知り合ったのです。明如様は石にたいそうくわしくて、坊ちゃまと明如様は年齢の違う友達のような親しさでした」

「馬鹿、どうしてそれを早く言わないんだ‼」

　山崎は大声を上げた。

「だんだんわかってきました。あなたのこの石、しばらく預からせてください」

　ゆめ姫の頼みに、

「その石が坊ちゃまを見つける役に立つのですか」

　山崎の説を聞いていない矢七はほっと胸を撫で下ろしたが、

「ええ、必ず」

　姫が手にした石を見つめるおとみの顔は、お願いだから無事に見つけてほしいと訴えていた。

　この夜、ゆめ姫は矢七が拾った石を、枕元に置いて寝た。明け方近く夢を見た。

太郎が河原を歩いている。その姿をじっと見つめている僧衣の後ろ姿――。しかし、太郎の姿が見えたのは一瞬だった。
〝明如様ですね〞
夢の中で姫は相手に話しかけた。
〝どなたです?〞
明如は微笑みながら振り返った。年の頃は二十五、六歳、坊主頭の青い剃《そ》り跡が何ともすがすがしく、整った見目形をしている。
〝子どもを捜しているのです〞
〝どんなお子さんです?〞
〝さっき、あそこにいた子どもです。名は太郎、庄内屋の跡取りです。何より親御さんが大変案じています〞
〝そうですか〞
明如は微笑み続けている。
〝あなたは、あの子の居場所をご存じなのではありませんか?〞
〝知っていたとしたらどうされます?〞
〝理由はともあれ、人攫いは罪なので、お上にあなたを問い質《ただ》していただくしかありません〞
〝それではそうしていただきましょうか〞

明如の見開いた目が、ぞっとするような冷たい邪気に満たされた。

そこで姫は目が覚め、飛び起きた。

「藤尾、藤尾、すぐに山崎様に来ていただいてください」

いつものように使いを出した。

山崎は駆けつけてきて姫の夢の話を聞き、

「夢の中で下手人があなたに挑んできたのですね。さすがゆめ殿だ、並みの力ではない」

興奮気味に頷いたものの、

「しかし、これだけを証《あかし》に動くことはできません」

無念そうに項垂《うなだ》れた。

「やはりですね」

ゆめ姫は平静である。

「今回の事件は、大店の庄内屋の後継ぎの神隠しとあって、奉行所中が注目しています。皆、礼金目当てに手柄を我が物としたがっているのです。奉行所が動いて、実は間違いだったでは済まされないのです。そうなっては、誰もあなたの夢の話を信じようとせず、今後、お役目も名ばかりのものとなるでしょう」

「つまり、ここがわたくしの正念場で、僅かな失敗も許されないということなのですね」

「その通りです。しかも相手は坊主ですからね、寺社奉行の支配で、太郎の神隠しに関わったという確たる証がなければ、お縄にすることさえむずかしいと思います」

――相手は奉行所が動けないとわかっていて、夢でわらわに罪を仄《ほの》めかしたのだわ――

姫は唇を噛んだ。

「慎重にことを運ばねばなりません」

山崎は唇を真一文字に引き結んで、

「今はまだ奉行所を動かせないとすると、どうしたものか――」

「わたくしが動きましょう」

思いついたゆめ姫は藤尾を呼んで、事件の全容と関わる夢の話をした。

「わたくしと、この藤尾が探りに行くというのは、いかがでしょう」

「よい考えだと思います。寺は人を拒まぬもの、旅姿で泊めてくれと頼めば、明如の寺に入ることができるはず、なにがしかの証を見つけられるかもしれません」

藤尾は膝《ひざ》を打って賛成した。

「しかし、危ない試みですよ」

山崎はちらりと、案じるまなざしでゆめ姫を見た。

「でも、そうしなければ前には進めません」

「あなたのお覚悟の程、この通り、感服いたしました」

山崎は頭を垂れ、

「どうか、あなたに付き添うお役目、わたしに務めさせてください」

言葉に力を込めた。

「ゆめ殿にはわたくしがおります」

藤尾は不快そうに眉を寄せたが、

「ゆめ殿とお役目を果たすは、今は秋月殿に代わってわたし。お身の回りの世話をされているあなたの関わることではないです。何よりこれには身の危険が伴いますし、責任もかかってくる。不測の事態となった場合、腹切るはわたしと心得てもおります。ここは筋を通させていただきたい」

山崎はきっぱりと言い切った。

こうして、ゆめ姫たちは明如が住持を務める誠恵寺《せいけいじ》へ向かうことになったが、

「何も身形《みなり》を変えることはありません。相手はわたくしを知っているのですから」

「ですが、わたしはこのままでは――」

と言って、山崎はやはり昨日と同じく着流し姿になった。

二人は誠恵寺へと歩いて行く。

途中、

「明如は窮している檀家の人たちに施しを惜しまない、評判のいい僧だとわかりました。おかげで、常に、明如の膳は一汁一菜も滞りがちだということです」

山崎は昨日のうちに、明如について調べていた。

「きっと、元はご立派なお方なのでしょう」

姫は明如が悪霊に取り憑《つ》かれていると確信していた。

「ただし、先代の源如《げんによ》はたいした悪僧で、お布施の払えない檀家の墓を掘って、骨を川に流すような悪行を平気で続けていたと聞きました」

「源如という方は明如様のお父上様なのですか?」

「いいや、養父だったようです。迷子だった明如が腹を空かせて誠恵寺に迷い込んだのを、源如が拾って育てたのです。よくもあそこまで物惜しみの強い源如が、食べさせなければならない子どもを拾ったのか、謎《なぞ》です。源如のしたことで悪行でなかったのは、唯一、明如を養子にしたことだと言っている者もいます」

六

――明如様が太郎ちゃんを攫ったのは、昔のことを思い出したからかもしれない。源如様と明如様の間には、傍《はた》からでは計り知れない結びつきがあって、源如様がそうだったように、明如様は誠恵寺の後継ぎが欲しかったのかも。だとしたら、太郎ちゃんはまだ生きているかもしれない――

ゆめ姫は一縷《いちる》の希望を抱いた。

足を延ばして、先に金杉川に行った。

――夢で見た通りだわ――

白い光と河原が一つに融け合っているかのような、眩《まぶ》しく美しい光景であった。

姫は立ち止まって足許《あしもと》の小石を見たが、

――どれも同じに見える――

ため息をつきかけた時、見えている空の青さが消えて白昼夢が開けた。

子どもの背が見えた。

ただし男の子は前に夢に出てきた太郎ではないし、一人女の子が寄り添っている。幼い兄妹《きょうだい》らしかった。二人は黙々と小石を積み上げている。

男の子が手を止めた。

〝だめだ、鬼が来る〟

二人の子どもの前に明如の微笑みが迫った。

「どうしました？」

山崎に声をかけられ、ゆめ姫は我に返った。

「今、夢を見ていたのです」

「昼間、こんな短い時に？」

「ええ」

「どんな夢でした？」

「男の子とその妹らしき女の子がここで小石を積んでいました。鬼が来ると怯えていました」

「賽の河原ですね。その男の子の方は庄内屋の太郎ですか？」

山崎は沈んだ顔を向けた。

「いいえ」

「誰かに似ていませんでしたか」

「そういえば――」

夢の中の明如に似ているような気がした。

――でも、さっき明如様は鬼だったのだから――

「明如様だったら、子どもの時の顔なのでしょう」

「妹らしき女の子が居たということは、兄妹一緒に源如に貰《もら》われたということになりますね」

「妹御が居たことを知っている方はいらっしゃいませんでしたか」

「妹のことは誰も何も話していませんでした」

ゆめ姫と山崎は誠恵寺の前に立った。松の内だというのに訪れる人もなく閑散としている。苔生《こけむ》した山門を入ると、貧相な本堂が見えた。

「お頼みいたします」

山崎が僧坊に声をかけた。

「お頼みいたします」

二度、繰り返すと、やっと引き戸が開いた。

「何かご用でございますか」

僧衣姿の明如が訝《いぶか》しげに言った。

——見目形は夢の通りの方だわ——

端整な目鼻立ちは、夢の中の明如と寸分たりとも変わらなかった。

——冷たい邪気に満ちたあの目だけは別であってほしいけれど——

「実はそれがしたちは人捜しを稼業とする者です。頼まれて、いなくなった庄内屋さんの後継ぎを捜しています」

山崎が告げた。

「今時のお武家様は人捜しもなさるのですか」

明如は不審そうに二人を見つめた。

ゆめ姫は青くなりかけたが、

「なにぶん、内証が苦しいのでね。離縁された出戻りの妹としている内職なのです」

山崎が辻褄《つじつま》を合わせてくれて事なきを得た。

——見目形こそ変わらないけれど、この明如様と夢の中の方とは、どこかが違っている——

その証に、明如が姫を見知っている様子は微塵《みじん》もなかった。

——この方の目はとても清らかだわ——

「どうぞ、こちらへ」

明如は二人を客間に通すと、茶を淹《い》れてもてなしてくれた。

客間といっても畳は何年も替えていないのだろう、黄ばんでいる。

その際、

「手に傷が——どうされました?」

ゆめ姫は明如の右手の甲の傷に気がついた。古傷ではない証拠に、まだかさぶたがついたままである。引っかき傷のように見えた。

「これは鑿《のみ》を使っていて傷つけたのです」

明如はあわてて、右手の甲を左手で隠そうとした。

「鑿の傷には見えないが——」

山崎は傷を覗《のぞ》き込んだ。

「夢中になって、鑿で石を削っていた時、入ってきた野良猫に飛び掛かられたのです。野良猫に非はありません。ちょうど、野良猫に餌《えさ》をやる刻限だったのを、うっかり忘れていたのですから。拙僧は生きとし生ける者すべてに、御仏の御慈悲を分け与えたいと思っております」

明如の表情には一点の曇りもないように見えた。

「鑿で石を削ってどうなさるのです?」

山崎は追及した。

「鑿で削るのは水精など、貴重な石を含んでいるものだけです。石から鑿で貴重な石だけを削り取って、よく磨き、貴重な石を扱う石屋に売るのです。石屋ではこれらを、御仏の慈悲が込められた、有り難い御石として人に売るのだと聞いています。これで、拙僧の方には、石屋が引き替えに置いていってくれる金子が入り、貧しい檀家たちのために役立てることができるのです。拙僧を引っ掻いた猫のためにも糧《かて》は要りますからね――。石磨きは骨の折れる仕事ですが、これで皆さんに喜んでもらえるのですから、辛いと感じたことなど一度もありません」

明如は満足そうに微笑んだ。

――真摯《しんし》に仏様に仕えているように見えるけれど――

「ところで、いなくなった庄内屋さんの後継ぎは、御坊がよくご存じの子どものはずですが――」

切りだしたゆめ姫は、太郎の失踪《しっそう》と矢七から聞いたことを繋《つな》げて話してみた。

「河原でよく出会ったあのお子さんが――」

驚いた明如は声を震わせた。

――これもお芝居には見えないけれど――

「さだめし、親御さんはご心配なことでしょう」

明如は目をしばたたかせた。

「ですから、奉行所だけではなく、わたくしたちにも頼まれたのです。何とか捜し出してさしあげたいと思っています。どうか、お力をお貸しください」

姫は頭を垂れた。

「拙僧でお役に立つことでしたら、何なりとおっしゃってください」

まだ明如の目は濡れている。

「最近その子を見かけたことは？」

山崎が訊ねた。

「二十日ほど前でした。いつものようにお供の方と一緒でしたよ」

「それからは？」

「見かけていません」

「あなたは河原へは？」

「金に換えるための石拾いがありますので、河原へはほぼ毎日、出かけて行きます」

「その時、その子と会ったのでは？」

山崎の真意に気づいた明如は、

「どうやら、拙僧をお疑いのようですね」

おだやかな口調で言った。

「仲良く話などしていたのですから、疑われても仕様がありませんが――」

さすがに苦笑している。ただし、少しも憤ってはいなかった。

「どうされたいのですか？」

「寺の中を隅々まで拝見させていただきたい」

山崎が即座に答えた。

「よろしいですよ。どうか、存分にごらんになって行ってください。拙僧は幼い友達の無事を祈りながら、仕事を続けさせていただきます。僧房におります。お気が済みましたら、お声を掛けてください」

明如が立ち上がったので、

「調べましょう」

二人も客間を出た。

がらんと広い廊下を抜けて進んでいく。壁はところどころ崩れかかり、床は沈み、障子《しょうじ》や襖《ふすま》はぼろぼろでもう体をなしていなかった。まさに、廃屋さながらであった。

「こんなところによく――」

住めるものだという言葉を山崎は呑み込んだ。

「何か見えたり、感じたりしませんか?」

山崎に言われ、姫が天井の隅に巣くった蜘蛛《くも》の巣に目を転じた時、さーっと目の前が暗くなって、障子の白い色がくっきりと見えた。

白昼夢の訪れであった。

ゆめ姫はそっとその障子を開けた。

七

中は青々とした畳の匂《にお》いがたちこめていて、桐簞笥《きりだんす》と紫檀《したん》の文机が並んでいる。陶製の丸火鉢は大奥にあった柿右衛門《かきえもん》の絵柄とよく似ている。置き物の壺は李朝《りちょう》の青磁《せいじ》で、壁には名筆と言われる書道家の掛け軸がかけられている。

――元は手入れの行き届いた立派なお寺だったのだわ――

〝外見は立派でも中身は違ったのよ〟

か細い声がした。

〝どなた？〟

姫の問いに、

〝ずっとあなたのような方を待ってたの〟

突然、丸火鉢の中の灰がぼやけて見えた。張られた巣の上に、大きな蜘蛛が一匹止まっている。

〝明如様の妹御？〟

蜘蛛は頷く代わりに、八本の足を縮めて見せた。

〝ここはあなたの部屋？〟

〝まさか――〟

〝あなたの部屋はどこ？〟

〝ついてきて〟

蜘蛛が丸火鉢から畳に飛び落りた。廊下に出ると奥へ奥へと這《は》い続けて行く。

〝ここよ〟

蜘蛛は納戸の前で止まった。

〝でも、ここは――〟

〝あたしたち、ここで暮らしてたの〟

〝あなたとお兄様？〟

〝ええ、あたしの名はてる〟

姫は納戸の引き戸を開けてみた。書物が積み重ねられていて、隙間《すきま》は子ども二人が並んで腰を下ろすほどしかない。

〝ほら、こんな風に眠っていたのよ〟

おてるの言葉が、寄り添って眠っている幼い兄妹の姿に重なった。ただし、二人とも頰《ほお》に涙の跡が見える。

〝ここでは、横になることもできずに眠らなくてはならなかったから、あたし、すぐに病に罹ったの〟

気がつくと蜘蛛は、髪を後ろでたばねている、まだ幼い少女に変わっていた。

〝そして、ここで死んだのよ〟

〝こんなところで――〟

ゆめ姫は胸が潰れる想いであった。

〝あたし、死ぬ時もやっぱり座ったままだった。食べ物はその三日前にそば粥を一杯食べただけ〟

〝源如という人の仕業ね〟

〝酷い男だった。あたしと兄ちゃんは、ささやかな一膳飯屋《いちぜんめしや》を商っていた両親を亡くしたばかりだったの。江戸には親戚がいないから、行くところがなくて、だんだん、食べ物を買うお金もなくなってきていた。あまりにひもじくて、あたし、歩くのもやっとやっとで――。近くの河原を歩いていたら、このお寺が見えて、中に入ると、お池の蓮《はす》の花がそれはそれは綺麗だった。極楽に来たのかと思ったほど。兄ちゃんは、あたしに、『おてる、こんなに立派なお寺のご住職様なら、親切にしていただけるよ、仏様みたいな人に違いない』、そう言って、あたしの手をしっかり握って、僧坊まで連れて行ってくれた。あの時の言葉、今でも忘れない、心に染みてるの〟

〝でも違ったのね〟

〝仏ではなく鬼みたいだった。黙ってご飯を出してくれたのは一度きり。後は働かない者には何も食べさせないって。あたしも初めは水汲《みずく》みなぞして一生懸命働いたから、その時は食べさせてくれた。けど、病に罹って働けなくなってからは、一切食べさせて貰えなかった。最後のそば粥は兄ちゃんが、あたしのために、泣くように頼んで貰ってきてくれたものだった。本当の兄ちゃんは心根の優しい人なのよ〟

〝本当の明如様ではない、別の明如様が居るのね〟

姫の鋭い指摘に、おてるはうつむいてしまった。見えていた足が消えかかる。

〝待って、行かないで。あなたがわたくしを待っていたのは、言いたいことがあってのことでしょう？　悪事を働く別の明如様には、今すぐ去って貰いたいはずよ。そうしなければ、心根の優しい本当の明如様の魂が救われないのよ――〟

〝そうね、そうだったわ〟

おてるは廊下を歩いて、勝手口を抜けると、奥の土蔵へと向かった。土蔵には鍵《かぎ》が掛けられている。だが、おてるの手が錠前に触れると、わけなく外れた。

土蔵の中は長持をはじめ、骨董《こっとう》がしまわれているであろう桐箱で溢《あふ》れている。ひょいと覗いた大きな壺の中身は夥《おびただ》しい量の小判であった。

〝これ、源如が生きていた時の様子ね〟

〝そう。鬼はとても欲張りだったのよ。今はもう――〟

一瞬にして土蔵の中はがらんとなった。

〝寺を継いだ兄ちゃんは貧しい檀家を助けるため、ここにあった物をお金に換えて、助け続けてきたの。石拾いを思いついたのは、ここの物が尽きてきたから〟

おてるは誇らしげに胸を張った。

〝ところで鬼の源如はどうなったの？〟

〝それは――〟

おてるは目を伏せた。

〝それ、別の明如様と関わりがあるんじゃないかしら？〟

訊ねたゆめ姫の前に急に河原が広がった。

幼い兄妹が小石を積んでいる。

一つ、二つ、三つ――。

妹はおてるで、兄の方には明如の面影がある。

〝こうしているとおとっつぁんやおっかさんと、いつか会うことができるんでしょ〟

おてるの言葉に頷いた明如は、

〝そうだよ、この世で別れてもまた、皆で一緒に楽しく暮らせるんだからね。頑張って積もう〟

〝でも――〟

おてるは怯えた顔になった。

〝鬼が見てるよ、それに足音もする〟

〝大丈夫だよ〟

明如は妹を励ましたが、すでに青ざめている。

〝また、こんなことを〟

大きな手が積んだ石を崩した。

〝こっちへ来るんだ〟

がっしりした身体つきの四角い顔の僧が、明如の小袖の襟首を摑んだ。充血した目が真っ赤で鬼のように見える。

――これが源如だわ――

〝おまえは可愛い顔で命拾いしたな〟

源如はにやりと明如に笑いかけ、おてるには、

〝おまえはいらない。女の子はいくら可愛くても用が足せない。水が汲めなくなったら死ぬだけだ〟

言い捨てた。

河原は消えて、姫はおてると向かい合っている。

――子どもを相手に何と酷いことだろう――

〝他のことだったら何でもします。でも、これだけは許してください、お願いです〟

幼い男の子の悲鳴が聞こえてきた。

ゆめ姫は源如への怒りに燃えた。

〝そういうことだったのね〟

〝だから兄ちゃんは――〟

おてるが後を続けようとすると、

〝う、うう、苦しい。毒を、毒を盛りおったな〟

源如の苦悶《くもん》の声が聞こえてきた。

〝鬼を退治して川に捨てたのよ〟

おてるが告げた。

そして、次には、太郎と思われる子どもの首を絞めている明如の姿が見えた。苦しんで

いる太郎が明如の手に爪を立てている。しかし、太郎の目に憎しみや怒りは見受けられない。

――どうして？　どうして、こんなことに？――

無心に驚いている目であった。

〝太郎ちゃんも川にね――〟

頷いたおてるは姫の顔から目を逸《そ》らした。

〝鬼退治は仕方なかったとしても、石拾いで知り合った太郎ちゃんにまで、手をかけることはなかったはずよ〟

〝男の子が好物だった鬼のせいで――〟

おてるはむせび泣いた。

〝兄ちゃんまで鬼になってしまったの。檀家の人たちに施しすぎるほど施して、決して、鬼にはなるまいとしていたのに。幼い時に覚え込まされてしまった癖は抜けなくて――。それでも、兄ちゃん、ずっと自分を抑え続けてきたのよ。あの子が河原へ来て、出会ってさえいなければ――。このままでは兄ちゃんの魂は、光の中を進めない。いくら経《た》っても、あたしと一緒におとっつぁん、おっかさんの許へ行くことができないの、何とかして――〟

〝明如様に自訴を勧めるようにというのね〟

〝この世で罪を償えば仏様の御慈悲もあるでしょ〟

〝わかったわ〟

ゆめ姫は大きく頷いた。

気がつくと土蔵の前に立っていた。

「ゆめ殿、ゆめ殿」

山崎の声が聞こえた。

「ああ、やっと気づいてくれたのですね。ゆめ殿が何やらぶつぶつ言いながら、あちこち歩きまわるので後を付いてきたのです」

「実は明如様の妹御のおてるちゃんに会っていました」

「やっぱり、それでは——」

山崎は姫が白昼夢を見ていたのだと確信した。

「しかし、妹というのは——」

「おてるちゃんは、近所の人が気がつかないくらい、短い間しか生きていなかったのです」

八

「何か手掛かりが得られたのですね、証は？」

「おてるちゃんの霊はお兄様に自訴して欲しいと願っています」

「それでは庄内屋の太郎はもう——」

山崎の顔が翳った。

「ええ、残念ながら――」

無心に驚いているだけだった太郎の死顔が姫の心をよぎった。

――この子の冥福のためにも、明如様に罪を償わせなければ――

「しかし、霊の話だけでは証にならず、自訴させられるものかと――」

山崎は戸惑いを隠せない。

「いいえ、できます。わたくしに任せてください」

明如が鑿を使っている僧房へと、ゆめ姫が歩き始めると、

〝あたしにも多少のお手伝いをさせてください〟

手の甲に蜘蛛のおてるが乗った。

「頼りにしていますよ」

声に出した姫に、

「何を話しているのです？」

山崎は不思議そうだったが、

「ここにおてるちゃんが居るのです」

姫は手の甲に這う蜘蛛を見せた。

「ゆめ殿がおっしゃるからには真《まこと》なのでしょうが、わたしにはとても――」

信じられないという言葉を山崎は呑み込んだ。

僧房の戸を開けると、

「終わりましたか」

石に向かっていた明如が顔を上げて鑿を置いた。

「何かお気にかかることでもございましたか」

明如は相変わらずおだやかな笑みを浮かべている。

「わたくし、あなたの妹御とお話ししていました」

姫は単刀直入に切り出した。

「ご冗談でしょう。妹も拙僧と一緒に、この寺に拾われましたが、今はもう、おりません。拾われてほどなく、病に罹って命を落としたのです。あなたとお話などできるはずはないのです」

明如はあっさりと躱《かわ》した。

「妹御の名はおてるちゃんですね」

すると、明如の眉がぴくりと動いて、

「どこでそれを？」

「おてるちゃん自身からお訊きしたのです」

「そんなはずは――」

「わたくしはこの世の者ではない方々、霊と話をすることができるのです」

「そういう方が時折、おいでになることは存じております」

「亡くなってここに留《とど》まっているおてるちゃんは、あなたのなさってきたことをすべて見てきておいでです。鬼のような所業と仕打ちを続けた源如という住職を、あなたが毒で殺したことも、源如の所業によって歪《ゆが》んだ性癖を身につけてしまったゆえに、あなたが庄内屋の後継ぎを絞め殺したことも——。二人の骸《むくろ》を川に流したことまで教えてくれました」

「何という出任せを——」

憤った明如はぎりぎりと歯を食いしばって、ゆめ姫を睨みつけた。目は吊り上がり、小鼻は荒い息を噴き上げ、今にも口から耳までが裂けてしまってもおかしくない、悪鬼の形相である。

「妹と拙僧は深い絆《きずな》で結ばれていました。そのおてるなら、拙僧について、そんな中傷めいたことを、他人様《ひとさま》に言い付けたりしないはずです」

「おてるちゃんは、檀家のために、あなたが土蔵の中にあったものを売り続けてきたり、石拾いをしているのは、尊いことだと思っています」

「そんなまことしやかなことを言っても、拙僧は信じませんよ」

明如はせせら笑った。

——この目だったわ——

夢に出てきて、自分に挑んできた明如の冷酷無比な目だった。清らかさは微塵もなく、邪心そのものと言っていい。

——これが別の明如様なのね——

すると、

〝兄ちゃんにこの寺に初めて入った時の話をしてみて。あの時、何をあたしに言ってくれたかも――あれはあたしと兄ちゃんしか知らないやりとりなのだから〟

おてるの囁《ささや》きが聞こえた。

ゆめ姫はおてるのその言葉を伝えたが、

「そんな話、忘れてしまいましたよ」

明如は突っぱねた。

〝それでは賽の河原の話をして。あたしがまだ元気だった頃、鬼の目を盗み、二人で、おとっつぁんやおっかさんをなつかしんだことを――〟

そこで姫は、

「おてるちゃんは、賽の河原のことを思い出してほしいと言っています」

と前置きして、目を閉じた。

ゆめ姫のまぶたの中に、無心に小石を積んでいる兄妹の姿が浮かんでいる。

〝見えているように兄ちゃんに伝えて〟

おてるの言葉に、

「一つ、二つ、三つ――鬼はまだ来ない。四つ、五つ、六つ、まだ、大丈夫。七つ、八つ、九つ、十。にこにこ笑って、親御さんが迎えにおいでになったわ。家族中が大好きなお餅《もち》をついたばかりだから、一緒にそれを食べようって――。どんなお餅なのかしら。お母様とおてるちゃんは餡《あん》のかかったあんこ餅、お兄様とお父《とと》様は大根おろしの辛み餅。幾つでもどんどん食べられる。みんなとびきりの笑顔です。青く澄みきった空も見渡せて、人の幸せって、きっと、こんなものなのではないかしら――」

姫は見えている家族の様子をありのままに次々と口にした。

目を開けると、明如ががっくりと頭を垂れていた。ぽとぽとと床の上に大粒の涙がこぼれ落ちている。

「おてる――おとっつぁん、おっかさん」

明如は家族を呼んだ。

〝罪を償わないと、こうして家族が集《つど》うことはもうできないのだと、兄ちゃんに伝えてあげて〟

おてるが頼んだ。

それを姫が伝えると明如は、

「申し訳ないことをいたしました」

一度上げた頭を再び垂れた。

「源如と庄内屋さんの後継ぎを手にかけて川に流したのは、拙僧で間違いございません。仏に仕える身でありながら、心得違いも甚《はなは》だしい、恥ずかしい行いでした。源如を殺したのは、飢える檀家が多数出てきていた時で、何とか助けなければ、この近隣の檀家が皆、飢え死にしそうだったからです。だから、よいことをしたのだと自分に言い聞かせて生きてきたのですが、それは間違いでした。人を殺めればもう鬼なのです。心に鬼が宿ってしまっていたから、石を通じて拙僧を慕ってきていた、いたいけな子どもを自分の意のままにしようとしたのです。拙僧は、河原でお供の男《ひと》が子どものそばを離れた隙に、寺まで一人で来れば、いろいろな珍しい石を見せてあげると、誘いの言葉を子どもの耳元で囁きました。それであの子は、手習いを抜け出し、ここへ来たのです。拙僧の言葉をその通りに信じて、それなのに、拙僧は——拙僧は何と罪深い——」

明如は自分の顔を両手で覆った。

しばらく、そのままにさせていた山崎は、

「もうよいな」

明如を促した。

「はい」

ふらりと明如は立ち上がったが、その一瞬、袂に入った右手が口へと飛んだ。

〝兄ちゃん、駄目よ、そんなことをしては〟

おてるは叫び、

「明如様」

ゆめ姫も駆け寄ったがもう遅かった。明如は毒を呷《あお》って果てていた。

骸から霊になった明如がむくりと起き上がった。その目は虚ろで定まらない。

奈落《ならく》のような深い穴が前方にぽっかりと開いて見える。

〝おまえの行くところはここだ〟

聞き覚えのある声がして、背筋が冷たくなった。

――あの悪霊――

明如の霊は穴へ向かって足を踏み出した。

〝待って〟

姫は明如の霊に近づこうとしたが、身体が動かない。

〝そこだけは駄目よ、兄ちゃん。おとっつぁん、おっかさんに会えなくなるのよ〟

おてるは止めようと、明如の霊の肩に手を掛けた。

〝もう、いい〟

明如の霊はうつむいたまま、

〝俺は人を殺めた穢《けが》れた身だ。こうなっては、おとっつぁん、おっかさんに合わす顔なぞない。だから、おまえだけでいい、おいで、一緒に行こう〟

おてるの二の腕をがっしりと掴み、漆黒の穴の中に飛び込んだ。すると、どうしたことか、いわく言い難い不気味な冷気がさーっと広がって、外は晴れているというのに、埃まみれの観音菩薩《かんのんぼさつ》像が雪片に覆われた。

その後、太郎の顛末《てんまつ》を報《しら》された庄内屋では、盛大な葬儀を執り行って手厚く供養し、太郎の世話係だったおとみは、四十九日の法要を待って髪を下ろすことになる。言うまでもなく、亡くなった家族と太郎の供養のためだ。

信二郎はまだ眠り続けている。

ゆめ姫はさえずりながら雀《すずめ》が寒さに縮こまって、羽毛をふくらませる様を夢に見た。

――寒さを和《やわ》らげるためなのだろうけれど、丸くてふっくらと可愛らしい、希望というものを形にしたら、こんな風に見えるのではないかしら？――

夢の中で癒《いや》されていると、突然、空が真っ暗になり、やがて白み、明るみ続けて透明な茜《あかね》色に染まった。

――大奥で見た初茜が夢に出てきているのだわ――

日の出よりも先に元日の訪れを告げるのが初茜と言われる、赤い空の色である。

その初茜の空の赤味が増していく。透き通った印象ではなく、どろどろと血を流したような濃い赤に変わった。何千、何万匹ともわからない雀の骸が血みどろの空から落ちてきた。

〝あの世の地獄はわしが造った。裁きを受けなかった明如は妹おてると共にわしの地獄へと堕《お》ちた。そして、夜も昼もなく、生きることも死ぬことも、休むことさえできずに、永遠の責め苦に苦しみ続けるのだ。それから逃れる道はただ一つ、わしに倣《なら》って鬼になって力を蓄え、機に乗じて禍《わざわい》をこの世に振りまくしかない。意外に不甲斐《ふがい》なかった養父の源如よりも、殺した明如の方が、よほど筋金の入った鬼に仕上がることだろう。柔《やわ》な妹など食うてしまうかもしれぬな。将軍家末姫のゆめとやら、栗川玄伯と鰻《うなぎ》屋の八五郎は刑死させてしまい、魂を捕らえそこねてしまったが、今回はわしが勝った、勝ったぞ——〟

先祖の悪僧道鏡によってこの世に放たれた悪霊、那須原隆仙は甲高く笑い続けた。

第二話　ゆめ姫が読み解く霊の気持ち

一

新年の七日には今年の健康を願って七草粥《ななくさがゆ》が作られる。七草粥を作る前に七草をゆでてまだ温かい汁に爪《つめ》をつけて柔らかくしてから切ると、向こう一年健やかに暮らせるとも信じられていた。

「今年はことさら、七草爪に気合いを入れなければ――」

ゆめ姫は前日の晩に春の七草であるセリ、ナズナ、ゴギョウ、ハコベラ、ホトケノザ、スズナ、スズシロを俎板《まないた》の上で細かく叩《たた》き、水に浸した。

当日、粥を作る前に、亀乃がこの七草をゆでた汁を離れまで運んで、臥《ふ》せったままでいる信二郎の爪を丹念に浸してから、伸びた爪を慎重に切った。

この様子をゆめ姫と方忠《まさただ》、総一郎が見守った。信二郎の恢復《かいふく》を願う万感の想《おも》いがそれぞれに込められていた。

「今年の七草粥はわれらにとって格別な味であろう。祈りの粥とも言える――」

方忠が洩《も》らした。

七草粥は白粥とほぼ同じように作られる。

土鍋《どなべ》に、研《と》いだ米と水を入れ、半刻（約一時間）ぐらい置き、この後、蓋《ふた》をせず強火で沸騰させる。

沸騰したら、底から軽く米をかき回し、蓋をして弱火で四半刻《しはんとき》（約三十分）煮る。

七草はきれいに洗って細かく刻み、前日から水に浸してアクを抜いておく。

粥が炊《た》きあがったら、刻んだ七草を入れて軽くかき混ぜ、好みで塩を加え、味を調えて仕上げる。

七草粥を食べた後、ゆめ姫は亀乃と掛け合いのように、池本家に居る時の失敗談、厨《くりや》での一騒動を思い出しては共に笑った。

このところ、二人は信二郎の恢復が約束されているかのように、努めて明るく振る舞っている。

——何より信じることが大事ですもの——

「ゆめ殿ときたら、鯛《たい》の兜煮《かぶとに》が好物だったものだから、鰯《いわし》も同じだと勘違いして、頭を煮て皿に盛り、身は近くにいた猫にやってしまったことがありましたね。あの時は、どれだけ皆で笑ったことか——ああ、また可笑《おか》しくなってきたわ」

「あの時、菜《さい》の鰯は信二郎様が急ぎ買いもとめてきてくださって、事なきを得ましたけれど、夕餉の膳《ぜん》の鰯の煮付けを前に思い出して、叔母上《おばうえ》様が吹きだされてしまい、とうとうわたくしも事の経緯《いきさつ》を話さずにはいられなくなりました」

信二郎という名前を口にした時、ゆめ姫はあまりの切なさにずきんと胸の辺りが痛んだ。

「あの時、話を訊《き》いた総一郎様は笑いが止まらなくなって、とうとうしゃっくりまで出てしまい、それがまた、皆様の笑いの種になりましたね」

「殿様と信二郎だけは神妙な顔でじっと堪《こら》えていて、それでも最後には二人ともお腹《なか》を抱えて笑っていましたっけ」

亀乃もまた信二郎と口にしたばかりに、すっと笑みが消えて泣きそうな顔になった。

この夜、ゆめ姫は夢の中にいた。

ぶーん。

ぶーん。

ぶーん。

聞こえてきたのは大きなハチの羽音であった。

――この家の軒下にハチが巣を作っていたのかしら？――

ハチの大群が部屋に入ってきたら大変である。姫は床を離れ、障子《しょうじ》に手を掛けた。

ぶーん。

ぶーん。

ぶーん。

羽音は止《や》まない。

障子を開けると、音はぴたりと止んだ。

けれども、ハチがいなくなったわけではなかった。何万匹、いや何十万匹のスズメバチが、人形《ひとがた》を作っている。そこに立っているのは人には違いないのだろうが、びっしりとスズメバチに覆われていた。

――何という有様――

一瞬、姫は驚いて言葉も出なかったが、

――スズメバチに刺されて亡くなった方の霊なのね――

ここでやっと、自分の見ている光景が夢の中の出来事なのだと悟った。

――それで、スズメバチの羽音はもう聞こえないのだわ――

襲われる心配はなかったが、

――おっしゃりたいことがおありなのでしょう?――

水を向けても、スズメバチで作られた人形は無言のままでいる。

そのうちに、スズメバチが少しずつ消え始め、人形が崩れていく。

――きっと、わらわの話し様が悪いのですね――

ゆめ姫はあわてて、

――どうすれば、想いをお話しになってくださるの?――

人形が立っている廊下へと一歩、足を踏み出しかけると、

ぶーん。

ぶーん。

ぶーん。

またしても、威嚇《いかく》するような羽音が聞こえた。

姫は部屋へと後じさりした。

庭に目を遣《や》ると、どうしたことか、からたちの生《い》け垣《がき》の前に、人の姿がぼんやりと浮かんだ。一人は丸髷《まるまげ》姿の武家の妻女で、年齢《とし》の頃《ころ》は三十半ば、もう一人は十二、三歳の男の子で、着ている小袖《こそで》は町人のものであった。二人は手をつないで立っている。

〝八ツ刻《どき》（午後二時頃）〟

男の子はそう一言洩《も》らして消えた。後に残った大年増《おおどしま》もまた、

〝八ツ刻〟

切なそうに囁《ささや》いていなくなった。

たいていは夢を見ると飛び起きることが多かったが、不思議なことに、姫はそのまま、夢から覚めなかった。

朝、目覚めた時、ぶーんという羽音と、〝八ツ刻〟という言葉が耳の中に残っていて、二人の幽霊のことが思い出された。

――それにしても、二人が何を思い残しているのか、よくわからなかったわ。武家の妻女と町人の男の子が母子《おやこ》であるとは思えない。でも、手をつないでいたし――。これだけでは成仏するために力を貸そうにも、どうしたらよいのか見当もつかない――

身仕舞いをして朝餉を済ませようとしたが、気分が優れずに箸《はし》がつけられずにいると、

「どこか、お加減が悪いのではありませんか。毎日、池本様のお屋敷まで看病に通われる一方、お役目も果たしておられるのですから、お疲れが溜《た》まっているのです」

藤尾が案じた。

「いいえ、そんなことは」

「お熱があるのではないでしょうか。目が潤んでおいでですよ」

「そうかもしれません」

ゆめ姫は渋々認めた。

「これは大変」

藤尾は姫の額に手を当てた。

「ひどい熱。すぐにお休みにならないといけません。今すぐ、中本先生に来ていただきます」

こうして、ゆめ姫は中本尚庵の施療を受けて、しばらく病臥《びょうが》する身となった。熱のためにうとうととまどろみ続け、いつものように夢を見た。

見えているのは浮世絵であった。裃《かみしも》を着けて扇子を手にした侍が描かれている。その顔は整っており、りりしく、きりっと引き締まっている。役者絵であった。ただし、姫には何という名の役者なのかまではわからない。

夢は一度だけではなかった。うとうとすると、必ずこの役者絵の夢を見た。そうこうす

るうちに熱は下がった。

起きだしたゆめ姫は文机《ふづくえ》に向かい、絵を描《か》いた。不思議にも夢で見たものの絵は、普段、画才などまるでない姫の筆によるものでも、かなり上手《うま》く描くことができるのであった。

――どうして、わらわにこんな絵が描けたのかしら――

自分で描いた絵を眺めている。

――それに、こんなこと、おかしすぎるわ――

絵は夢で見た役者絵の役者を思い出して描いたものであった。絵の具がなかったので、墨で輪郭や目鼻立ちが描かれている。

――わらわに絵の才などないのに――

出来上がった絵は、役者の顔だけではなく、小袖と肌襦袢《はだじゅばん》の重なりあっている襟元の曲線といい、袢の膨らみ加減といい、何とも巧みに描けていた。

「中本先生がおみえになられました」

廊下で藤尾の声がした。

――中本先生を驚かせてしまうわ――

あわてて姫は眺めていた絵を、座布団の下に押し込もうとしたが、すでにもう相手の目はその絵をとらえていた。

ゆめ姫は唖然《あぜん》とした。だが、そう感じたのは姫だけではなかった。尚庵の目も吸い寄せられるように、その絵に見入っている。理由は明らかだった。髷の形と着ているものを除いて、中本尚庵が描かれている役者に瓜《うり》二つだったのである。

それでも、尚庵はそのことには触れず、姫に布団に横になるよう指示し、淡々と診察を続け、最後に因果を含めた。

「軽い風邪《かぜ》と看病疲れが重なったのでしょう。無理はせず、もうしばらく休まれないとぶり返すことになります。その時は、これほど早くは治らず、もっと悪化するかもしれません。秋月様のことはわたしや池本家の皆様にお任せして、どうか、ゆっくりここでお休みください。池本の皆様もたいそうあなたのことを案じ、養生を望んでおいでです」

微笑《ほほえ》むと、まるで絵の中の役者の表情が動いたかのように姫には感じられた。

二

藤尾が茶を運んできた。

尚庵はゆめ姫に告げたのと同じ養生の必要性を繰り返し、

「よかった、先生のお言葉が池本様にも伝わっているのですもの、ゆめ様、無茶はいけませんよ」

胸を撫《な》で下ろした藤尾は、よく描けた役者の絵に目を留めた。上目づかいに尚庵の顔と見比べる。

「よく似ておいでですね」

藤尾は黙ってはいられず、

「これは沢田彦十郎《さわだひこじゅうろう》ですよ。わたくしの母が若かった頃に騒がれた、田丸座《たまるざ》の看板役者です。立ち役でしたから、渋くて粋《いき》な男前だと評判だったそうです。母はとにかく筋金入りの芝居好きで──」

「わたしは沢田彦十郎に似ているとよく言われます」

尚庵は苦笑して、

「実はわたしは──」

何とも複雑な表情になって、自分が中本家の実子ではない話を打ち明けた。

「今にして思えば、養父《ちち》康庵《こうあん》がわたしと出歩きたがらなかった理由は、到底、親子には見えないほど似ていなくて、わたしが皆の記憶にある、沢田彦十郎に似ていたからだと思います」

「お養父上様は、あなたが一目で養子とわかって、傍《はた》の者に、とやかく言われては可哀想《かわいそう》だと思われたのですね」

「だと思います。心優しい養父母で、いくら感謝しても足りることはないのですが、やはり、わたしは実の両親《ふたおや》に会いたかったのです」

「捜されたのですね」

「沢田彦十郎に会いに行きました」

「今はどうしておられるのでしょう」

田丸座が解散して、今はもうないことは、世事に疎《うと》いゆめ姫でも、大奥内での噂《うわさ》で知っていた。

「彦十郎は両国で料理屋の主《あるじ》におさまっていました」

「ひょっとして、先生の血を分けたお父上様だったのでしょうか？」

「いいえ。沢田彦十郎には何人か子どもがいましたが、いずれも、彦十郎が入《い》り婿《むこ》におさまった、料理屋の女将《おかみ》の連れ子だったのです。わたしは自分の身分を告げて、何をしてほしいということなどないのだから、本当のことを言ってほしいと迫りました。すると、彦十郎は自分が漁色家であったことは認めました。ただし、幸か不幸か一度として相手との間に子は成さなかったと話したのです。また、彦十郎は双子でもなく、兄弟姉妹もいないということでした。わたしも、話をしているうちに、見目形こそよく似てはいるが、自分はこの男の子ではない、血など繋《つな》がってないという気がしてきました」

「料理屋の主となった沢田彦十郎をどうお思いだったのです？」

「主とは形だけ。若い頃、千両役者だったと自慢ばかりして、ぶらぶら遊び暮らしている様子の彦十郎には、人としての筋が一本、通っていないように感じられました。自分にとてもよく似た者が、この世に何人かはいると言われていますから、わたしの本当の父も、たまたま彦十郎に似ていたのだと思うようになりました」

「では、もう捜すのは？」

「止めました。これ以上は、よくしてくれた養父母に申し訳ないという気持ちもありましたが、このところは、養父康庵が亡くなって、慌ただしく日々が過ぎていたのです。この絵を目にするまでは――」

そう言って、尚庵は再び、ゆめ姫の描いた絵に見入った。

「あなたが夢に見た男こそ、迷える霊になってこの世を彷徨《さまよ》っている彦十郎に似た男、わたしの実父なのではないかと思います。お願いです。実父がどこのどういう出自でどのような人となりだったのか、わたしは知りたいのです。そして、まだ救われていないとしたら、あなたにその魂をあの世に導いていただきたい。お願いします。どうか、この通りです」

姫がまばたきすると、光の輪の中に寄り添っている男女が見えた。楚々《そそ》とした風情《ふぜい》で女は座り、男は女を守っているかのように後ろに立っている。どちらのいでたちも贅《ぜい》を尽くした華麗なものである。

姫はあわてて起き上がり、文机の前に座り、目の中にくっきりと焼き付いている男女の姿を紙に写した。

「鮮やかな筆捌《ふでさば》きですね。絵がお得意なのですか」

「いいえ。少しも。普段は、木の葉一つ上手には描けません。ただ、今は、手に取るだけで、勝手に筆が動いていくのです」

描き上がった絵を見た尚庵は、

「これとよく似た絵を知っています。写斎《しゃさい》の描いたものです。描かれている男は間違いなく沢田彦十郎です。女の方は」

と言って、藤尾の方を見た。

藤尾は大きく頷《うなず》いて、

「これ、うちの蔵で見た絵です。そして、この女は女形の市川玉之助《いちかわたまのすけ》だと思います。市川玉之助は今、市川座の座頭《ざがしら》をしているのではないでしょうか？」

「そうです。わたしは念のため玉之助にも会ってみました。玉之助は、わたしの顔がかつて一緒に舞台を務めた、沢田彦十郎に似ていることに驚き、隠し子がいたのかと真顔で訊いたほどでした。話してくれたことも彦十郎から聞いたことと相違もなく、また、彦十郎によく似た男も知っている様子はなかったのです」

尚庵はがっくりと肩を落とした。

——彷徨っていて、わらわに話しかけているのが、中本先生のお実父上《ちちうえ》様だとして、どうして自分によく似た彦十郎の絵や舞台の場面を見せ続けるのかしら？——

これぱかりはさすがのゆめ姫も見当がつかず、

「この先は夢にお任せください」

そう告げて部屋を下がる尚庵を見送った。

この後尚庵を見送って戻ってきた藤尾が、

「これが亀乃様から届きました。お持ちになったのは総一郎様です」

福寿草の小さな鉢を文机の上に置いた。

「もう、福寿草が咲く頃なのですね」

ゆめ姫は目映《まばゆ》い福寿草を見た。花弁に光沢があり、光るように咲く黄色の花は福を呼び込むとされている。

──寒さに耐えて咲く福寿草。叔母上様たちはわらわを気にかけていてくださるのだわ、早く元気にならなくては──

何日かが無事に過ぎて、もう熱が上がる心配もなくなり、ゆめ姫は床から起きられるようになった。

姫が疲れと風邪で臥《ふ》したことを耳にした山崎が、柊《ひいらぎ》の枝を手にして見舞いに訪れた。

晩秋に咲く柊の小さく白い花は優美で、仄《ほの》かな香りを漂わせるが、常緑の艶《つや》やかな葉はとげとげしていて、指が触れるとちくちくと痛む。そのため柊は魔除けとして庭に植えられる。

「これをゆめ殿に──」

山崎が柊を差し出すと、

「あら、痛そう」

藤尾は少々顔をしかめながら花活けを取りに部屋を下がった。

──まさに柊とはたおやかながら鋭く強い、ゆめ殿そのものだというのに、わからぬ女だな──

山崎は心の中で舌打ちしたが、姫と座敷で向かい合い、信二郎の容態を案じつつ世間話

を続けた。しかし、ついに他愛のない話に詰まった山崎は、

「ところで、このところの夢はいかがです？」

他意はなく訊いたつもりだったが、

「何日か前、気になる夢を見ました」

姫の方は真顔であった。

「どんな夢です？」

話を促す他はない。

「十二、三の男の子と武家の妻女の霊を見たのです」

ゆめ姫はスズメバチの人形と、〝八ツ刻〟という二人の呟《つぶや》きを話した。

「スズメバチの人形は子どもと武家女、どちらのものでしたか？」

「はて――」

「人形は一人分だったのですね」

「ええ」

「すると、どちらかが、スズメバチに刺されて死んだのは間違いないにしろ、二人が同じように死んだのではないことになりますね」

姫は黙って頷いた。

「だとすると、二人が〝八ツ刻〟と、同じ言葉を口にした理由が皆目わからない」

山崎は首をかしげた。

「何とか、生きていた時の二人の名前がわかりませんか」

ゆめ姫は寡黙だった二人の幽霊が気がかりであった。

――夢に現れたのは、きっと何か、わらわに伝えたいことがあったに違いないのでしょうから――

「わかりました。市中でスズメバチに刺されて死んだそれぐらいの年恰好《としかっこう》の者がいないか、調べてみます。お任せください」

山崎は立ち上がった。

三日ほど過ぎて、山崎から文が届いた。


今はスズメバチが飛び回る時季ではありませんが、昨秋刺されて死んだ者の中に年恰好の似た男の子がいました。青山久保町《あおやまくぼちょう》にある骨董《こっとう》商近江《おうみ》屋の一人息子、真吉《しんきち》です。けれども、生前の真吉はまだ十三歳だというのに、悪い仲間とつるんで、あちこち遊び歩いていたということでした。主夫婦がいくら諭しても聞く耳を持たず、二人は日々、この先、咎人《とがにん》になりかねない息子の行状に悩み、泣き暮らしていたと聞きました。

となると、思い余った主夫婦がスズメバチの巣を見つけて意図的にハチを放ったのかもしれない、ということも考えられますが、これはまあ、あり得ないように思います。

とかく出来の悪い子ほど、親は可愛《かわい》いと言いますからね。

死者のことを悪く言うつもりはありませんが、真吉がスズメバチに刺されて死んだのは、自業自得ではないでしょうか。成仏できないのも身から出た錆《さび》では？　そう思うと、今回ばかりはこんな真吉の霊のためになろうとしているあなたに、つきあいかねるというのが、わたしの正直な気持ちです。

山崎正重

ゆめ殿

三

「山崎様のこのお気持ち、わかるような気がいたします」

藤尾は首を縦に振った。

「わたくしも同じ立場ならこう思うかもしれません。だって、近江屋といえばたいした構えの骨董商でございます。そこの一人息子となれば、生まれ落ちた時から跡取りで、ちやほや育てられて、お金の力で好き放題に振る舞ってきたことでしょう。この世で親を泣かせるほど、さんざん勝手をした挙げ句、成仏できないとすがられても、力など貸したくはございませんよ」

「わらわはそうは思いません」

ゆめ姫はきっぱりと言い切って、

「夢に現れる人たちに対しては、分け隔てなく力を貸すと決めているのです。それに真吉ちゃんはまだ子どもです。大人になって、自分のしてきたことに後悔する前に命を落とし、今、霊になって悔いているかもしれないのです」

　早速、出かける支度を始めた。

「これから、近江屋まで参ります。真吉ちゃんがどのような亡くなり方をしたのか、ご両親に伺《うかが》ってみなければ――」

「姫様は病み上がりの身なのですよ」

「これもお役目だとわらわは思っています。山崎様ではなく、信二郎様ならわらわと同じようにされると思います。引き留めても無駄ですよ」

　とりつくしまもなく、

「お待ちください、どうか、わたくしもお連れください」

　藤尾はあわてて、姫に付き従った。

　近江屋のある青山久保町は、梅窓院観音《ばいそういんかんのん》の道を隔てた北側の、参詣人《さんけいにん》で賑《にぎ》わう町であった。

　――そこかしこに活気が満ちていて、やはり市中は素晴らしいわ。信二郎様もお好きなはず――

　表通りにある近江屋はどっしりした構えの、ひときわ立派な店であった。

「姫様、何とおっしゃって主夫婦にお会いになるのでございます？」

　藤尾は案じた。

「正直に申し上げるまでです」

「でも、それでは――」

話に応じるのは番頭止まりで、追い返されるのではないかと、藤尾は懸念していた。

「少々、お待ちください」

初めに話を聞いた番頭が奥へ下がると、大番頭が出てきて、もう一度、姫が話を繰り返すと、

「なるほど」

大きく頷いた大番頭は、

「どうぞ、お上がりください。旦那《だんな》様、お内儀《かみ》さんが中でお待ちです」

神妙な顔で二人を招き入れた。

近江屋の主は孝右衛門《こうえもん》、内儀はふでと名乗った。

茶が運ばれてくると、

「あなた様は夢で真吉と会われたそうですね」

おふでは品のいい丸顔をゆめ姫に向けた。

――お内儀さん、不審になど思っていない顔だわ――

藤尾には不可解だった。

――突然、訪ねてきた祈禱師《きとうし》でもない若い娘に、死んだ息子に夢で会ったと聞かされれば、誰でもおかしく思うはずなのだけれど――

「実は、真吉はまだうちに居るのです」

額のやや広い、孝右衛門の面長の顔は真顔であった。

「そうでしたか」

姫は驚いた風もなく頷いた。

「あの声が聞こえませんか」

孝右衛門は障子を開けた。

すると、廊下から、

いぬも歩けば棒に当たる
ろんより証拠
はなよりだんご

子どもの声が聞こえてきた。

「いろは歌留多《かるた》ですね」

藤尾は言い当てた。

いろは歌順の歌留多には、父母への忠孝、信心の大切さ、正直の教えなどが、絵解きやことわざで記されている。

「いろは歌留多が真吉は大好きで、幼い頃、始終相手をさせられたのです」

おふではそう言うと、袖《そで》で目を拭《ぬぐ》った。

にくまれ者世にはばかる
ほねおり損のくたびれもうけ
へをひって尻つぼめ
歌留多は次々読み上げられていく。
——霊の姿や言葉は、普通の人には見えたり聞こえたりはしないはず。もしや——
ゆめ姫はぞっと背筋が冷たくなった。かつて、法眼栗川玄伯や八五郎、明如に取り憑《つ》いた悪霊那須原隆仙のことを思い出したのである。
——真吉ちゃんの霊ではなかったとしたら——
「どうかご覧になってください」
孝右衛門とおふでは立ち上がって、客間と坪庭を挟んだ向かいの部屋の前に二人を案内した。
部屋にはたった一人、十歳ほどの赤い頰《ほお》をした子どもが小僧のお仕着せ姿で座っている。
その手には歌留多の読札があった。
「姿は奉公人の寛太《かんた》なのですが——」
孝右衛門はため息を洩《も》らした。
とし寄の冷や水
ちりも積もれば山となる
りちぎ者の子沢山

「間違いなく真吉の声です」

寛太に取り憑いた真吉は、札を読み上げながら、ばしばしと絵札を取っていった。

ぬす人の昼寝
るりもはりも照らせば光る
ここまでは小僧姿の真吉が取ったが、次の、〝おいては子に従え〟が読まれると、そっと隣に座ったおふでが絵札を手にして、

「その通りですよ、わたしたちが老いたら、おまえに従わせておくれ、だから、だから、いつまでも、いつまでも、ここに居ておくれ」

真吉に手をかけて引き寄せると、

「幼い頃、いつもこうしてあげていたでしょう？」

ぎゅっと抱きしめた。

すると、真吉は、おふでを乱暴に突き放し、

「渡辺綱《わたなべのつな》、ある時、山中にて卑《いや》しき男、手業なす傍《かたわら》に、幼子の腰に石臼《いしうす》を付ありし這《は》いずるさまを見て、綱、大《おお》いに驚き、其由《そのよし》を尋るに――」

〝渡辺綱合戦記〟の一部を大声で口にした。これは渡辺綱が頼光《らいこう》四天王の一人で、共に大江《おおえ》山《やま》の酒呑童子《しゅてんどうじ》を斃《たお》した碓井《うすい》貞光《さだみつ》を見つけ出す場面で、人材発掘の妙と立身出世が謳われている。

「わかっていますよ。今、口にしたのは、あなたが近頃、高値でもとめた双紙《そうし》に書かれて

いたくだりですもの。話で聞くだけでは飽きたらず、川野《かわの》芳楽《ほうらく》の双紙まで手に入れたのですから、碓井貞光がよほど気に入っていたのでしょう。あなたが好きなものはわたしも好きになりたいと思うのですが、ただし、これぱかりは――わたしは、まだ幼い子が石臼を曳《ひ》いている様は、可哀想でならないのです。でも心配はいりません。大事に箪笥《たんす》の中にしまってありますから」

おふでが言い終わるやいなや、突然、小僧姿の真吉の形相が変わった。

「こんなもの、こんなもの」

小僧姿の真吉はびしびしと音を立てて、手にしていた読札を壁や障子に投げつける。舞い上がった絵札が、おふでめがけて降ってきた。

「危ない」

姫が二人を庇《かば》いながら、部屋を出ると、藤尾は素早く障子を閉めた。

「亡くなる半年ほど前から真吉はこんな風でした。何を言っても耳を貸そうとしないし、蔵に籠《こも》って、先祖代々の茶碗《ちゃわん》を割ってしまうし――。果ては悪い仲間ができて、店の金を持ち出して遊びに使うだけではなく、往来を渡ろうとしたお年寄りを転ばせて、足を挫《くじ》かせたり――以前は優しく大人しい子だっただけに、信じられない豹変《ひょうへん》ぶりでした。わたしとおふでは、もうどうしていいかわからず――」

「せっかく歌留多で絆《きずな》を取り戻したと感じていたのに、わたしたちは、また真吉に嫌われてしまったんですね」

孝右衛門は泣き顔になっているおふでの肩に手を掛けた。

「わたくしがお話ししてみます」

姫が障子の引き手に手を掛けると、

「お一人ではお身が――わたくしも」

藤尾も続こうとしたが、

「いいえ、ここはわたくし一人で」

ゆめ姫は障子を開けた。

四

われ鍋《なべ》に綴《と》じぶた
かったいのかさうらみ
よしのずいから天井のぞく
元のように、絵札は畳の上に並べられていて、寛太の姿をしている真吉の手は読札を握っている。
「真吉ちゃん、あなたとお話がしたいのです。そのためにわたくしは夢から出てきたのですよ」
ゆめ姫は後ろ手で障子を閉めた。
すると、ぶーんという唸《うな》るような音と共に、絵札がスズメバチに変わった。ぱらぱらと小僧姿の真吉の手から読札が落ちる。そのたびにスズメバチが増えていく。とうとう、その姿がみるみるスズメバチの人形に変わった。

ぶーん。

ぶーん。

ぶーん。

恐ろしく大きな羽音であった。

だが、もはや、姫はたじろがない。

――すべては幻のはず――

そして、

〝真吉ちゃん、ごめんなさい。あなたがわたくしに夢を見させて、こんな風に自分は死んだのだと教えてくれた時、わたくしはうまくあなたの話を聞き出せませんでした。それで、あなたは話したいことを話すことができなかったのでしょう？　今はもう大丈夫ですよ。どうか、あなたのこの世に残した思いを話してください〟

スズメバチの人形になってしまった真吉にではなく、真吉の魂に届くように懇願した。

「わかってくれたんだね」

スズメバチの人形が小僧姿に変わった。歌留多の札も元に戻っている。

〝一つ、お願いがあります〟

〝何？〟

〝寛太ちゃんから出てください。霊に取り憑かれていると、生きている人は弱ってしまうものなのですよ〟

〝それは駄目〟

〝なぜ？〟

〝後で話す〟

〝思い残していることを先に話したいのですね〟

〝うん〟

〝それ、あなたが亡くなる半年前からしていたことと、関《かか》わりがあるのではないかしら？〟

〝まあね〟

〝親孝行のいい子だったのに、悪さばかりして、ご両親を苦しめたのはどうしてなの？〟

〝おとっつぁんやおっかさんと、血が繋がってないってわかったから。俺、この店のために貰《もら》われた子だったんだ。ずーっと知らなかったけど、叔母さんが遊びに来て、話してるのを聞いたんだ。〝よかったわね、おふで姉さん、なさぬ仲の子だっていうのに、こんなにいい子に育って。これで近江屋も安泰、義兄《にい》さんも姉さんも我慢のし甲斐《がい》があったってもんね〟って。おっかさん、店のために俺を我慢して育ててたんだ〟

〝それで、愛されてなかったってひねくれたのですね〟

〝そう〟

〝血の繋がったお母上様のこと、どんな方だったのか、知りたくありませんでした？〟

〝知りたかったよ。叔母さんなら知ってるかもしれないって思って、渋谷長谷寺門前《しぶやちょうこくじもんぜん》の叔母さんのところへ行く途中、近道をして林を抜けようとしたら、スズメバチに襲われて、あんなことに──それが、ちょうど八ツ刻だった〟

──〝八ツ刻〟は、やはり、亡くなった時だったのだわ──

〝どうして、お父上様とお母上様に訊かなかったのですか〟

〝今まで隠してたんだ、本当のことなんて話してくれっこないよ。それに俺、そういえばってこと、子どもの頃、あったんだ〟

〝どんなことですか〟

〝ある時から、おっかさんの匂《にお》いが変わったんじゃないかって思った。乳臭いだけから、香のいい香りに──。あの乳臭かったおっかさんが本当のおっかさんなのだろうか？〟

〝今、真相を話してくれたら聞きたいですか〟

〝そりゃあ、もう〟

〝じゃあ、話していただきましょう〟

ゆめ姫は障子を開け、孝右衛門とおふで、藤尾を部屋の中に招き入れた。

「大丈夫なのでしょうか」

藤尾はびくびくしながら座った。

「大丈夫です。心配はありません」

小僧姿の真吉はきちんと正座して畏《かしこ》まっている。歌留多は箱にしまわれ、畳の上に散らばっていなかった。

「真吉なのね」

おふでは真吉の姿をしている寛太に微笑んだ。

「真吉ちゃんは自分の生まれた時のことを知りたいとおっしゃっています」

真吉がスズメバチで命を落とした経緯を姫が話すと、

「まあ――」

おふでは顔色を変えた。

「あなた、その話は――」

夫を止めようとしたが、

「いや、この際だ。真吉も知りたがっているのだから、話して聞かせよう」

孝右衛門は決意を示して話し始めた。

「真吉が生まれる何年も前のことですから、まだわたしの父、先代が元気でいました。先代は、大身《たいしん》の御旗本とつきあいがございました。家の名は木元《きもと》様とおっしゃいました。木元高之丞《たかのじょう》様は長崎奉行までお務めになったお方です。その年は質《たち》の悪い流行風邪《はやりかぜ》で何人も亡くなり、高之丞様のところでも一家全員が罹《かか》ってお亡くなりになりました。ただ一人、難を逃れたのは、別邸に住まわれていた高之丞様のご側室よし乃《の》様で、長崎奉行当時に高之丞様が見初《みそ》めたお方でした。身重の臨月でいらしたので、父が引き取ってお世話をさせて頂いていたのです。この時、新造だったおふでも身籠《みごも》っていましたが、なにゆえか流産してしまい、一命こそ取り止めましたが、医者からもう、子は望めないと言い渡されました。よし乃様には、男の子が無事誕生されましたが、元からお身体《からだ》があまりご丈夫でなかったよし乃様は、産後の肥立ちが悪く、とうとう亡くなってしまわれたのです。赤ん坊一人が残りました。長崎のよし乃様のお実家《さと》にも文を送ったのですが、すぐには返答がありませんでした。子が望めないとわかったおふではもうその子に夢中でしたが、情をかけすぎると引き離される時が辛《つら》いので、わたしは、当初、おふでではなく臨時に雇った乳母にその赤ん坊の世話をさせていました。そうこうしているうちに、人を介して、長崎のよし乃様のお実家と話がつき、わたしたち夫婦はその赤ん坊、真吉を養子に迎え、跡取りとして育てることに決めたのです」

聞き終わった小僧姿の真吉は、

「乳臭かったのは乳母の臭いだったからなんだな。何も隠すようなことじゃないと思うけど」

孝右衛門とおふでの顔を交互に見た。

「だってあなたは物心ついた時から、信玄《しんげん》と謙信《けんしん》の川中島《かわなかじま》や、武蔵《むさし》と小次郎《こじろう》の巌流島《がんりゅうじま》など、たいそう武勇伝が好きだったでしょう」

おふでがおずおずと言った。

「おまえは絶えたとはいえ、長崎奉行まで務めた木元家当主、高之丞様の遺子。血は争えぬものと言う。本当の両親の身分を知ったら、近江屋とわたしたちを捨てて、武士になりたいと言いだすのではないかと案じられたのだ」

　そう言って孝右衛門は肩を落とした。

「今になってみれば、隠し立てをして、おまえにすまないことをしたと思っている。わたしたちが話していれば、義妹に訊きになぞ行かず、林も通らず、難に遭うこともなかったのに——。店など継がずともよい、どんな身分になっても、生きていてほしかった」

「そうですとも、そうですとも」

　おふでは溢《あふ》れ出てくる涙をもはや拭うことができなかった。

　すると、突然、

「旦那様、お内儀さん、どうしててまえはここにいるのでございましょう」

　小僧の寛太の姿をしていた真吉は寛太本人に戻ってしまった。

「何だか、身体がやけに熱くて、喉《のど》が渇いて、何日も寝ていないみたいにだるくて——」

「どなたか呼んでください」

　ゆめ姫の言葉に孝右衛門が手を鳴らすと、番頭の一人が入ってきた。

「寛太ちゃんにお水を差し上げ、休んでいただいてください」

「わかりました」

　番頭は寛太の身体を抱きかかえながら部屋を出て行った。

　——真吉ちゃんが寛太ちゃんから出てくれたのはよかったけれど、ご両親の話を真吉ちゃんがどう感じて受けとめたのか、まだ、わからない——

ゆめ姫は部屋を見回したが、真吉の霊はどこにも見えない。

「あの、真吉はもう——」

おふでが切なげに、真吉が座っていた座布団を見つめている。

「ええ、もう、おいでになりません」

「ずっとこのまま、二度と会えないのですか、そんな——」

おふでは両手で顔を被《おお》った。

五

「おふで」

孝右衛門は諭すように妻の名を呼び、

「真吉はもう生きてはいない。霊になってこの世に居るのは、決して幸せなことではない。今の真吉にとっては成仏こそ幸せなのだ。寂しいかもしれないが、あの子を惑わせてはいけない。後のことは、このお方にお任せするのだよ」

深々と姫に向かって頭《こうべ》を垂《た》れた。

近江屋からの帰り道、

「真吉は実の親のことを知って、納得したのでしょうか？」

藤尾が呟いた。

「ご両親の深い愛は受けとめたと思います」

「それなら、あの時、寛太が我に返った時、真吉は成仏できたのでしょうね」

「さあ、そこまでは、わらわもはっきりとはわかりません」

「成仏の証《あかし》というのはあるのですか？」

「普通、光が見えるものです」

「それは、わたくしたちにも見えるのですか？」

「いいえ。当人とわらわにだけ」

「あの時、姫様に光は見えなかったのですね」

「ええ」

「ということはまだ成仏していないと？」

「わかりません。光だけが成仏の証ではないかもしれませんし――」

「あそこまで親に想われて、成仏しないというのは我《わ》が儘《まま》過ぎます」

藤尾はムキになったが、

「まだ成仏できないでいるのならば、また夢で教えてくれるでしょう」

ゆめ姫はさらりと流した。

この夜、姫は〝渡辺綱合戦記〟の絵図を夢に見た。

ぱっと目に入ってきたのは、筵《むしろ》の上で桶《おけ》を作っている、両肌《もろはだ》を脱いだ桶職人の姿であった。眼前で子どもを遊ばせているが、子どもの身体には紐《ひも》が結ばれていて、石臼とつながっている。

その光景をじっと見つめているのは、大きな松の木を背に、菅笠《すげがさ》を被《かぶ》った旅姿の侍であった。名刀と思われる立派な太刀を腰に下げている。

――これが、渡辺綱が碓井貞光を見出《みいだ》す図なのね――

この時、芳楽の絵図が変わった。

桶職人と石臼に繋がれていた子どもが消えて、菅笠の旅姿で名刀を帯びた侍の姿が二人になったのだ。そのうち、新しく加わった侍の顔は絵図ではなく、細面でりりしい子どもの顔に変わった。

〝あなた、真吉ちゃん？〟

そう話しかけたとたん、ゆめ姫は目を覚ました。縁先へと出て、からたちの生け垣に真吉を探した。

〝そうです。俺です〟

真吉が生け垣に見えた。

侍の姿ではなく、はじめて見た時の町人の様子をしている。

〝まだ、光は見えていないのですね〟

〝うん、残念だけど〟

真吉は前よりも謙虚そうに見える。

〝まだ、心残りがあるのでしょう？〟

〝そうなんだけど――〟

〝言いにくいことなのですね〟

〝あそこまで近江屋のおとっつぁん、おっかさんに想ってもらっていたとわかると、何であんなことをして悲しませたのかと、自分がかけた苦労の数々に、申し訳なくて——情けなくて〟

真吉は消え入りそうな声でうなだれた。

〝心残りはお母上様が大切にしまってあるとおっしゃった、芳楽の画と関わりがあるのではありませんか？〟

真吉はうなだれたままである。

〝夢であなたは渡辺綱に似た侍の姿をされていました。あなたの夢は、渡辺綱に見出されて、頼光四天王となった碓井貞光のような立派な侍になることだったのでは？〟

〝うん〟

真吉は顔を上げた。

〝けど、おとっつぁんたちが案じたように、幼い時から侍になりたかったわけではないんだよ。つい半年前までは、商人《あきんど》の修業を積んで、恥ずかしくない近江屋の主になろうと思っていたんだ〟

〝なぜ、侍になろうと思い詰めたのですか？〟

〝精光塾《せいこうじゆく》という手習い塾が緑町《みどりちょう》にあるんだ。俺はそこへ通っていたんだけど、そこには女の子も通ってきていて——〟

真吉は顔を赤らめた。

〝心が揺れる相手と出逢《であ》ったのですね〟

——恋というものは、今まで経験したことのない、心身のときめきを感じさせてくれるのだろうけれど、何が何だかわからず、事あるごとにひどく心が揺れ動くものでもあるのだわ——

〝若菜《わかな》ちゃんていうんだ。青山百人町《ひやくにんちよう》の御家人の一人娘なんだ。愛らしいだけではなく、元気で明るくて、一目見た時、春の野を一緒に歩きたいと思ったんだ〟

〝一人娘ではお嫁に来てはくれないですね〟

〝俺は跡取り息子。それに町人だよ〟

〝想っても叶《かな》わぬ恋ね——〟

〝それで侍になりたいと馬鹿なことを思ったんだ。徒衆《かち》の株を買ってもらって婿になりたいとも思った。けど、俺が店を継ぐことを楽しみにしているおとっつぁんたちに、言い出せなくて。そんな時に貰い子だという話を聞いたんだ。怒りがこみあげてきて、それでもうどうにでもなれと、思ったんだ〟

〝光が見えないのは、若菜さんという娘さんのことが気がかりだからですね〟

〝そうなのかもしれない〟

〝若菜さんと話してみてはどうかしら？〟

〝でも、俺は若菜ちゃんを遠くから眩《まぶ》しく見ていただけだから——。言葉を交わしたことは数えるほどで、俺のことなど、覚えていないかもしれない〟

〝話してみなければわかりません。さあ、勇気を出して〟

〝わかった〟

こうして、姫は真吉の霊を伴って、翌日、精光塾へ出かけることになった。

「わたくしも参ります」

藤尾は素早く身仕舞いした。

「姫様の身に何かあってはなりませんから」

〝姫様って、あなたのことですか？〟

真吉に訊かれて、

〝そんな風に呼ばれているだけです〟

ゆめ姫は、はぐらかし、

「藤尾、見えないでしょうけど、真吉ちゃんが一緒なのよ」

注意すると、

「あら、いけない、わたくしとしたことがうっかりしてしまって」

あわてて手で口を押さえたものの、

「よくない霊にならないとも限らない相手には、気をつけないと」

ずけずけと言ってのけた。

〝身から出た錆〟

項垂《うなだ》れた真吉はいろは歌留多の一枚をぽつりと呟いたあとは、精光塾へ着くまで一言も口を開かなかった。

精光塾は少し離れた場所にある緑町の一軒家である。庭からは、ぼちぼち咲き始めている白い椿《つばき》の花が見えている。姫と藤尾、霊の真吉は近くの茂みに隠れて、子どもたちが出てくるのを待ち受けていた。

〝あの娘だよ〟

若菜は並みいる娘たちの中でも、ひときわ清楚《せいそ》で美しかった。

〝春の野だけではなく、白椿にもよく似合っている〟

真吉はじっと若菜に見惚《みと》れていた。

しかし、若菜から目を離さないのは真吉の霊だけではなかった。真吉と同じぐらいの年頃の、男の子たちの憧《あこが》れの眼差《まなざ》しも、若菜に注がれている。

「若菜ちゃん、うちへ寄って行かない？　母上が若菜ちゃんの好きな金柑《きんかん》の甘露煮《かんろに》を拵《こしら》えたんだよ」

小袖に袴《はかま》を穿《は》いた、武家の息子と思われる一人が声をかけた。くりくりと大きな目をした、如何《いか》にも活発そうな男の子である。

〝小役人の次男坊です。あいつが一番の強敵なんだ〟

――金柑の甘露煮、甘くてよい香りがあって、元気も出そう。たしかに魅力的だわ。この子の家に誘われてしまうと、話がしづらくなる――

姫が案じていると、真吉は咲いている白い椿の木に近づいて、ふっと息を吹きかけた。

そのとたん、白椿は紅に染まった。

白椿に目を遣った若菜は、

「わたし、今日は白椿の中に隠れて咲いてる紅椿を摘むわ、ちょうど鋏《はさみ》も持ってるし。母上が紅椿を好きなのよ。また、この次ね」

そう言って、小役人の次男坊に手を振った。

――よかった。やっとこれで若菜ちゃんと話ができる――

ゆめ姫たちは茂みから出て、紅椿を摘んでいる若菜に近づいて行く。

「若菜さんとおっしゃいますね」

姫は話しかけた。

六

「はい」

若菜は紅椿を摘んでいた手を止めた。涼しく、清らかな目をしている。それでも、

「どなた様ですか？」

素性を訊いてきた。

「この方は夢と関わって、人の心の治療をいたしております」

藤尾が代わりに答えた。

「そうでしたか。失礼しました」

若菜は礼儀正しく、深く頭を垂れた。

「折り入って、お話ししたいことがあるのです」

ゆめ姫が切り出すと、

「今、すぐにですか？」

若菜の目は紅椿に注がれている。

「何か、急がれることでもおありなのですか？」

姫が首をかしげると、

「できるだけ、この紅椿を摘み取りたいのです。明日には、きっと白椿に戻ってしまうような気がしてなりませんので――」

「どうして、そのように思われるのです？」

「ずっと以前、まだほんの子どもでここへ通い出した頃、机を並べていた男の子が、わたしにこんな約束をしてくれたのです。ここは毎年、白椿しか咲きません。でもわたしは、その頃も今も紅椿が大好きでした。気に入っている手鞠《てまり》の色が赤だからです。それで、この椿はつまらないと言ったところ、その男の子が〝いつか、きっと、白い椿を赤く変えてあげる〟と、約束してくれたのです」

若菜の頰をすーっと涙が伝って落ちた。

「その子というのは、亡くなった近江屋の真吉ちゃんですね」

若菜は黙って頷いた。

〝あの時のこと、覚えていてくれたんだな――〟

真吉の顔がぱっと輝いた。

「実は真吉ちゃん、ここにおいでなのです」

「やっぱり――」

若菜は驚かなかった。

「真吉ちゃんは、あなたが覚えてくれていて、とてもうれしいとおっしゃっています」

「わたし、白椿が赤く変わった時、すぐに、そうだとわかりました。やっとわたしのところへ、真吉ちゃんが来てくれたんだって。わたしも、真吉ちゃんのことを――。でも、真吉ちゃん、あんなことになって。スズメバチに刺されて命を落とすなんて、さぞかし痛くて辛かっただろうと思うと、わたし、もう――」

若菜は泣き顔を隠すためにうつむいた。

〝ハチの針が身体全体に刺さって、熱いお湯で煮られたみたいに死ぬのは辛かった。けど、こんな風に想われていたのがわかってよかった。もう思い残すことはないと、伝えてください――〟

そう真吉が言ったとたん、あたりに、霊と姫にしか見えない光が現れた。

ゆめ姫が伝えると、

「真吉ちゃん、遠いところへ行ってしまうんですね」

若菜はまだ涙が止まらない。

「そうです。でも、それが真吉ちゃんにとって一番いいことなのです」

「真吉ちゃんのこと、絶対、忘れないって言ってください」

「聞こえてるはずですよ」

姫は真吉のいる方を見た。

〝忘れないでいてくれるのはうれしいけど、この世で幸せになってほしいと言ってください。その時が来たら、あの世で待っているからって――〟

姫がその言葉を伝え終わると、真吉は実母よし乃が待っている光の中へと姿を消した。

――スズメバチの夢で、真吉さんの霊と一緒に出てきて、〝八ツ刻〟と告げた女の方の霊は生みのお母上様のよし乃様だったのね。スズメバチに被われていた人形が真吉ちゃん一人だけだったのは、よし乃様は、富裕なだけではなく、愛情深く人柄もいい御夫婦に真吉ちゃんが貰われたので、心安らかに成仏されていたからなのだわ。よし乃様は不慮の事故で命を落とした我が子を、ご自分と同じように何とか成仏させようと必死だったのでしょう――

一方、沢田彦十郎と市川玉之助を描いた絵のことが、ふっと頭から抜けかけていたところで、

「こんな話が古い瓦版《かわらばん》に載っていました」

藤尾が納戸《なんど》を片付けていて見つかった古い瓦版を手にしてきた。

それには〝市中昔不思議物語、愛欲篇、捕まらなかった下手人、鶴屋《つるや》与兵衛《よへえ》〟とあって、二十年以上も前の女房殺しについて書かれていた。何と挿絵には沢田彦十郎と市川玉之助が描かれていて、これは姫が夢からおこした絵にそっくりだった。

瓦版には以下のようにあった。

日本橋通南二丁目にある鶴屋は権現様《ごんげん》の頃から、小間物の商いをしている老舗《しにせ》である。鶴屋は千代田のお城の方々は言うに及ばず、名だたるお大名方の御用も務めるという、ずば抜けた格式の高さで、商売は大繁盛《だいはんじょう》していた。

跡取りの与兵衛が店を継ぐと、店は押すな押すなの行列でさらに流行《はや》った。なぜなら、与兵衛は、人気役者、沢田彦十郎によく似ていて、娶《めと》った内儀のお品《しな》は舞台での彦十郎の相手役、女形の市川玉之助に瓜二つだったからである。

このお品は、元は吉原《よしわら》の花魁《おいらん》、若紫《わかむらさき》だったのだが、通い詰めていた与兵衛が、根気よく、両親に話して、若紫の身請けを決め、やっと認めてもらった恋女房であった。断るまでもなく、花魁の身請けは並みの者にはできない。たいそうな物入りだったが、鶴屋の主夫婦は息子可愛さのために、これを厭《いと》わなかった。

――何より、お品さんを想う与兵衛さんの一途《いちず》さに打たれるし、ここまでして結ばれたお二人の強い愛を感じるわ――

ゆめ姫はすっかり感動した。

ところが、瓦版はまだまだ先があった。

とかく、男の身体には浮気の虫が棲《す》んでいるというが、与兵衛の想いは、お品一人に留まらなくなった。

鶴屋は二人が夫婦になったことで、大繁盛となり、身請けの金を差し引いても、新しい蔵が建つほどだと言われていた。その頃、鶴屋に奉公していた手代の一人は、〝旦那様が女遊びにうつつを抜かしていて、お内儀さんが気の毒だった〟と洩らしている。

そしていよいよ惨劇が起きた。

時季は市中の菊が盛りの頃、遅く帰ってきた与兵衛が、女房のお品を匕首《あいくち》で刺し殺したのだ。お品の骸《むくろ》のそばに落ちていた匕首は与兵衛のものと見なされた。お品を殺した与兵衛は、そのままどこへともなくいなくなり、奉行所は市中くまなく捜したが、とうとう見つからなかった。

鶴屋は店仕舞いとなった。せめてもの救いは、先代夫婦が亡くなっていて、この事実を知らないことであろうか？

この夜、ゆめ姫は夢を見た。

見えている光の中に自分を感じた。黒い半襟の付いた黄八丈、あこがれの町娘の形《なり》をしている。

〝お縫《ぬい》ちゃん〟

〝はい〟

光の中にいる自分がはきはきと返事をした。

隣には、目が醒《さ》めるほど綺麗《きれい》な年増がいた。たしかに市川玉之助に似た美貌《びぼう》であったが、男ではないので、もっと繊細で、滑らかな肌は匂い立つようであった。

――お品さんだわ――

ゆめ姫は夢の中で相手を見ている。

〝綺麗な菊ですね〟

お縫と呼ばれたゆめ姫はお品と一緒に庭を見ていた。庭は色とりどり、種類もさまざまな菊の花で埋まっている。

〝幼い頃、こんな菊、見られるとは思っていなかったわ。見たことのあるのは、地味な野菊ばかりで――〟

お品がぽつりと言って後を続けた。

〝うちは貧しい農家で、菊なぞ植えて、愛《め》でることなどできはしなかったもの――〟

〝あたしんとこも同じです〟

お縫は相づちを打った。

――顔はお縫さんだけれども、心はわらわであるはずなのにおかしい。わらわの心をお縫さんが占めているのだわ――

〃吉原へ売られて行く時、綺麗な菊の花で埋まるお庭が、江戸にはたくさんあるんだって、女衒《ぜげん》に聞いたのよね。だから、いつかきっと、その庭を見ることができるようになるって――。あたし、その時、絶対、そうなって見せるって決心したのよ。野菊のまま枯れて終わるのは嫌だって――〃

〃お内儀さんは今、こうして見ておいでじゃありませんか〃

〃それはそうだけど、何だか、そんなもの、もう、どうでもいいような気がしてならないのよ〃

お品は捨て鉢に言った。

〃それにお縫ちゃんだって、菊を見ているじゃないの、同じよ〃

お品の切れ長の目がきらっと光った。お縫は無言でうつむいた。何とも、気まずい空気が流れた。

七

そこへ、

〃わたしに用があるんだって？〃

彦十郎に似た与兵衛が姿を現した。

〃すぐに、お茶を〃

立ちかけたお縫に、

〝いいのよ、ここにいて〟

お品は有無を言わせぬ口調であった。

〝何なんだい、早く用向きを言ったらどうなんだ〟

与兵衛はやや苛立《いらだ》った声で妻を促した。ほどよく苦味のある男前である。

〝新しい巾着袋《きんちゃくぶくろ》の売れ行きはいかがでしょうか〟

〝赤い江戸菊を染め抜いた巾着か〟

江戸菊というのは花びらの一枚一枚が、奔放な形に開く、妖《あや》しいまでに美しい大輪の菊種である。

〝ええ〟

〝あれは、おまえが好きな菊の絵柄だということで、飛ぶような売れ行きだ〟

〝それはようございました〟

〝おい、呼びつけておいて、訊きたかったのはそれだけか〟

〝ええ、まあ〟

〝そんなことぐらい、番頭に訊けばわかることだ。いい加減にしてくれ。わたしは忙しい〟

与兵衛は忌ま忌ましそうに立ちあがった。

〝お待ちください〟

〝まだ用なのか〟

〝実は折り入って、お話がございます〟

お品は唇を噛《か》みしめた。

そこでお縫は、

〝それでしたら、あたしは――〟

やはり、また、立ち上がろうとしたが、

〝いいえ、ここにいて〟

お品はさっきよりも強い口調になった。

〝では、早くすませてくれ〟

〝菊が綺麗でございますね〟

〝そんな話がしたかったのか〟

〝いいえ、そうではございません〟

〝では何なんだ〟

〝若紫だったお品の菊は赤い大輪の江戸菊でございます。では、お縫の菊は何なのでございましょうか〟

〝知らぬな〟

〝知らぬはずはございますまい〟

〝いや知らぬ〟

〝知らぬなら、知らぬで結構です。わたしはお縫の菊はあれだと決めました〟

お品は近くに咲いていた、赤い小菊を指差した。

〝あの小菊は早くから咲いておりますゆえ、枯れないうちに手折って、どなたかに差し上げようかと思っております〟

〝何だ、お縫の縁談だったのか〟

与兵衛は鼻白んだ。

〝はい。ようございますね〟

〝なぜ、そのような物言いをする？〟

〝あなたはこの家の主ですからね、念のため、お伺いしたのです〟

〝そうか、勝手にしろ〟

与兵衛はぷいと横を向いてしまった。

場面は変わった。夢はまだ続いている。

ゆめ姫の顔をしているお縫は船宿の部屋から、ぼんやりと大川（隅田川《すみだがわ》）をながめていた。襖《ふすま》が開いて、

〝待ったかい〟

与兵衛が入ってきた。

〝旦那様〟

お縫はその胸に飛び込んで行った。

――ちょっと、待って、それは――
見ているゆめ姫は驚いた。
――止めて――
しかし、お縫の唇はすでに与兵衛に奪われている。
――そんな――
せめてもの救いは、姫の心も身体も外にあるという事実であった。
――ならば、仕方がない――
ゆめ姫は二人を見守ることにした。
二人は熱い愛撫《あいぶ》を交わして、愛を確かめ合った。終わった後、
〝どういたしましょう〟
つかのま幸福だったお縫の表情が一変した。
〝あたし、お内儀さんが怖い〟
〝おまえを縁づかせる話か〟
与兵衛は煙草盆《たばこぼん》を引き寄せた。
〝お内儀さんは気づいています〟
〝そうだろうか〟
〝あたしにはわかります〟
〝ふん、そんなものかな〟

与兵衛は煙管《きせる》を一口吸い付けた。
〝あたし、他の人のところに嫁に行くのは嫌です。旦那様でなくては――〟
〝ならば、行くな。わたしもおまえを手放したくない〟
〝旦那様〟
そこでまた二人は熱い抱擁《ほうよう》を交わしはじめた。途中、お縫は、
〝あたし、やっぱり、お内儀さんが怖い。だって、あたしのお腹の中には――〟
と囁《ささや》いて涙を浮かべた。
〝何だ、そうだったのか〟
与兵衛は驚いたが、次には笑み崩れた。
〝そうか、わたしとおまえの子か〟
そして、
〝大丈夫だ。お品には折を見て、わたしから話す〟
きっぱりと言い切った。
夢は二人の抱擁の途中で終わった。目覚めたゆめ姫はまだ動悸《どうき》が納まらなかった。
――あの先を見ていたかったような気もするけれど、もう沢山という気もする――
朝、尚庵が診察に訪れた。
「今日はお脈が速いですね。何があったのですか」

首をかしげた。

「それが――」

ゆめ姫は鶴屋夫婦の話を伝えた。

「鶴屋与兵衛が彦十郎に似ていたとなると、わたしの実父は、放蕩者《ほうとうもの》で妻殺しの鶴屋与兵衛で、実母はお品というお内儀を裏切った、奉公人のお縫かもしれないということになるのですね」

さすがに尚庵は肩を落としている。

「でも、不思議ですね。だからといって、二人が亡くなっていればいいなどとは、露ほども思わないのですから。わたしは今、どんな親でもいいから、生きていてほしいという気持ちです。実父の方は罪人ですから、消息を知ることはできないでしょうが、実母の方なら何とか話を訊ける人が見つかるかもしれません」

そう言って尚庵は帰って行った。

一人になったゆめ姫は、

――きっと、夢の続きは、お品さんにお縫さんとのことを伝えに行った与兵衛さんが、お品さんと喧嘩になって、とうとう刺してしまった、そういう成り行きになるのでしょうね――

そう思いつつも、腑《ふ》に落ちない点が頭を掠《かす》めた。

――瓦版では、与兵衛さんは遅く帰った後、お品さんを殺《あや》めたということだった。そうなると、与兵衛さんは、はじめから刺し殺すつもりで、匕首を持って行ったのかしら。だとすると、これはかっとなった弾みということではないわ——

その夜の夢に出てきたのは、お品の部屋にいる与兵衛だった。

すでにお品は胸を刺されて、血の海の中でこと切れている。与兵衛は匕首を握りしめて屈《かが》み込んでいる。その姿は刺した匕首を抜いたばかりのように見えた。

——やはり与兵衛さんが殺めたのね——

そう思いかけたゆめ姫だったが、

——けれど——

お品の顔は死んでから、多少時が経《た》っているように見えた。

——だとしたら、与兵衛さんは、いつお品さんを殺したのかしら。殺しておいて、匕首が刺さったままだったことを思いだして、自分が殺した証になることを恐れて、それを抜きにきた？　そんなはずはないわね。匕首はお品さんが死んでいたそばにあったとされているんですもの——

ゆめ姫はわからなくなった。

尚庵は翌々日に訪れた。

「何かわかったことはありましたか」

姫は訊いた。

「わたしの実母がお縫という名であることはわかりました。養父方の叔父《おじ》も鍛冶橋《かじばし》で医者をしているのです。中本源斎《げんさい》と言います。その年老いた叔父が話してくれたのです。わたしの両親も亡くなったことであるし、自分もいつお迎えが来るかしれない、このまま逝《い》ったら、わたしに話さなかったことが、かえってあの世で心残りになるかもしれないからと叔父は申しました。昔、養父康庵と叔父源斎は、お腹に子を宿した若い女が道で産気づいて、苦しんでいるのに行き合いました。養父が家に連れて帰るとまもなく、お縫という名のその女は男の子、つまり、わたしを生み落としたそうです。そして、実母はどうかこの子を育ててほしい、自分は子の親になる資格のない女だからと言って、行方《ゆくえ》をくらましたのだとか――。子を授からなかった養父と養母《はは》は、ためらいなくわたしを我が子として育てることにしたそうです」

「お縫さんはどうなったのでしょう」

「いなくなってから、何年も叔父は姿を見なかったと言いました。ところがある日、墨衣《すみごろも》を着けた尼《あま》が叔父を訪ねてきたそうなのです」

八

「お縫さん、あなたのお実母《はは》上様《うえ》ですね」

「実母は叔父も養父同様、医者をしていて鍛冶橋の源斎と名乗ったのを、忘れずにいたのです。わたしが育てられている、養父のところへは足を向けられずとも、せめて、叔父のところでなら、わたしの消息なり聞けると頼みにしたのです。叔父はわたしが嫡男として、大事に育てられ、元気にしていると伝えました」
「さぞかしほっとなさったことでしょうね」
「実母はその時、わたしを残していなくなった事情を明かしたそうです。自分は人として
してはいけないことをしてしまった、その罪は重く、尼になって、生涯、仏に仕え続けな
ければ贖《あがな》うことができないと覚悟していた、だから子どもを育てることはできなかったの
だと——。そして、最後に、もう決して、こちらへも訪ねて来ないから安心してほしいと
言い、一つだけ叔父に乞《こ》うたそうです。便りのないのは、わたしが元気な証と考え、日夜
御仏に感謝する余生を送るつもりでいるが、わたしに、もしものことがあった時は、報《しら》せ
てほしい、親らしいことは何一つできなかった代わりに、せめても供養の務めだけは、さ
せてほしいと——。叔父はずっと約束を守ってきました」
「あなたは息災でいらしたので、何一つ、向こうには伝わらなかったのですね」
ゆめ姫はお縫が哀れに思えてならなかった。行きがかりや養父母の手前もあって、我が
子とこの世で会うことを諦めている母親の切ない気持ちが悲しかった。
「でも、今なら——」
会うことができるのではないかと姫は思った。
「どうか、会いにいらしてください」
「叔父にも勧められました」
「それでいらしたのですね」

「昨日。谷中《やなか》にある、秋香寺《しゅうこうじ》という小さな尼寺に行ってきました。実母は幸月尼《こうげつに》と名乗っていたそうですが、二十日ほど前に亡くなっていました」

「まあ」

ゆめ姫は言葉もなかった。

「心の臓が少しずつ弱っていく病を患っていたとのことです」

「お実母上様は、ご自分の方の消息は一切、お伝えにならなかったのですね」

「そうだったのでしょう。聞いた叔父は、そんなことなら、わたしが後を継いだ時、ここまで立派になったのだと、一言、報せてやればよかったと悔やんでいました」

「叔父上様のお気持ちもよくわかります」

「わたしは医者なので、知ってさえいれば、今少しながらえさせられたのにと、残念でなりません。このぶんでは、実父の方も無事、逃げのびたとしても、いずこかで果てているやもしれません」

そう言って、尚庵は目をしばたたかせて、

「今更、知ったところで、仕方のない話かもしれないとは思いましたが、お品さんのそばにあったという匕首が気になったので、お役人様に、くわしいことを調べてもらいました。あの匕首の出処《でどころ》は久松町《ひさまつちょう》にある刀剣商で、もとめたのは、若い女だったということでした」

と続けた。

「若い女子《おなご》、それはもしかして――」

「亡くなった実母が洩らしていた、生涯かかって贖おうと決めた罪とは、お品さんを殺めたことかもしれないのです」

　尚庵はやや青ざめた顔で告げた。

「それから、奉行所のお調べ書には、店の者たちは、翌朝、起きてこないお品さんを案じて見に行くまで、誰も気づかなかったと書いてあったそうです。離れにあった部屋でもないのに不思議な話もあったものだと――」

　この夜、夢にはゆめ姫の顔をしたお縫が出てきた。

〝あたしは悪い女です〟

　お縫は呟いて涙を浮かべている。

〝でも、お腹の子のためなんです。どうか、許してください〟

　お縫は寺の本堂の前で手を合わせていた。

〝お縫〟

　呼んだのは与兵衛だった。

〝可愛いな〟

　与兵衛は愛おしそうにお縫の腹に手を当てた。

〝男の子かな。女の子かな。そんなことはどっちでもいい。わたしは自分の子が生まれるのが、うれしいよ〟

〝嫌ですよ、まだ、生まれてもいないのに〟

〝けど、不思議なものだねえ。自分の子が、こんなにわけもなく可愛いなんて――〟

〝今からそんなじゃ、先が思いやられます〟

〝いいってことさ。子どもは幸せになるために生まれてくるんだ。だから、腹にいるうちから、うんと可愛がっておいてやるんだ〟

〝あたし、うれしい〟

お縫の声が弾んだ。

〝決めました。やっぱり、あたしが先にお内儀さんのお話をお聞きします。あたし、呼ばれてるんですから〟

〝大丈夫かい。ああ見えても、お品は芯《しん》の強い、冷たい炎みたいな女だよ。どんなことを言いだすか――〟

〝大丈夫です。旦那様に何もかも、めんどうなことを押しつけちゃ、この子に胸を張れませんから。あたし、お内儀さんの恨み言、とことん聞く覚悟でいます〟

お縫はきっぱりと言い切った。

〝そうかい。そこまで言うんなら、止めはしないよ。わたしは後から行く〟

次に見えたのは、前にも夢に出てきた、部屋で死んでいるお品だった。

ただし、屈み込んでいるのは与兵衛ではなく、お縫であった。血まみれの匕首を、お縫は握りしめ、呆然《ぼうぜん》とそのままでいた。

〝これは──〟

入ってきた与兵衛は絶句した。

〝お内儀さんが──お内儀さんが、あたしが、あたしが、こんなことに──〟

匕首を手にしたまま、ぶるぶると震えて、お縫は取り乱しきっている。

〝いいか、お縫、よく聞け〟

与兵衛は悲痛な声をあげた。

〝仕掛けたのはお品の方だろう。それでも、相手を殺めれば、おまえは咎人だ。主殺しは重い罪だ。おまえは死罪になるだろう。おまえの腹にはわたしの子がいる。だからな、ここはこうするのだ〟

そう言って、与兵衛は屈み込むと、お縫の手から匕首を取り上げ、懐から煙草入れを出すと、匕首と一緒に畳の上に置いた。

〝お品はわたしが殺めたことにする。だから、おまえは早くここから逃げるのだ。この先、おまえとはもう二度と会えまいが、どうか腹の子だけは立派に育ててくれ、お願いだ〟

〝旦那様〟

お縫は泣き泣き中庭へ下りると、裏木戸から夜の闇に紛れていなくなった。

夢から覚めたゆめ姫は、

──やはり、そうだったのね。匕首を持ったお品さんがお縫さんに襲いかかって、二人は揉《も》み合い、匕首がお品さんの胸に刺さってしまったのね──

そう思ったものの、

――けれど、どうして店の人たちは気づかなかったのかしら。襲ったり揉み合ったりしたのなら、声や音が響いて、誰か気がついてもよさそうなものじゃないの。わからない。ここだけはどうしてもわからない。誰か教えてほしい――

そうこうしているうちに、また、深い眠りに落ちていった。

夢の中でお品はまだ死んでいなかった。簞笥の引き出しから、布に包んだ細長いものを取り出すと、中を改めた。真新しい匕首である。じっとそれを見つめている。

〝お品さん――〟

思わず、ゆめ姫は話しかけていた。

〝あなたは誰とも争ったりしていませんね――〟

すると、

〝おや、やっと、気づいてくれたようですね〟

お品は青ざめた顔でうっすらと笑った。

〝どうか、お話を訊かせてください――〟

〝あんたが気づいた通りのことですよ。あたしは自分で自分の胸を刺したんです。もっとも、匕首を買いに行ったのはお縫ですけど。あたしが買いに行かせたんです〟

〝あなたはどうして、ご自分の命を終わりにしようとなさったのですか――〟

〝あたしはね、ここが悪いんです〟

お品は右腹を押さえた。

〝腫れ物《はれもの》が出来ていて、吉原にいた時から時々痛みがありました〟

お品はごほごほと重い咳《せき》をした。

〝いっぺん、遠くの医者に診てもらいました。死病だと言われました〟

〝でも、とてもそんな風には――〟

〝では、これでいかがです？〟

お品は顔を覆った両手を放した。白粉《おしろい》が剥《は》げたその顔は、隈《くま》が目立ってさらに青かった。

九

〝あたしは元花魁。窶《やつ》れを隠すのは昔取った杵柄《きねづか》ですからね。痛みなんぞは他人前《ひとまえ》では息を止めてこらえてました。出来るんですよ、慣れればね――〟

〝どうして、与兵衛さんに打ち明けなかったんです？　そうすればきっと――〟

〝あの男《ひと》があたしを大事にしてくれるとでもいうの？〟

〝ええ――〟

〝病のことを告げていれば、こんなあたしに大枚を叩《はた》いたあの男のことだ、大事にしてくれたかもしれないねえ〟

〝じゃあ、どうして？――〟

〝大事にしてもらったって、うれしかないからですよ。女と生まれたからには、あたしは女で通したかったのよ。病人なんぞになって、大事にしてもらったって、うれしかありませんよ。あたしにいわせりゃ、女ってのはね、男を悦ばせなくては価値なんてありゃしないんです。それに店の者への手前もあります。大枚叩いて身請けした女が死病持ちだなんて、体裁が悪いったらない——。世間がこの鶴屋を贔屓《ひいき》にするのは、吉原の花魁だった玉之助似の女と、彦十郎似の主がたまたま夫婦になってる、っていう、賑やかさのためなんですから。一方が死にかけてるなんて、世間にわかったら、売れる物も売れなくなっちまいます。こんな病気に罹ってるなんて、あたしゃ、金輪際、死んでも言うまいと決めたんですよ。これは元花魁のあたしの意地なんだ。綺麗に死にたかったんですよ〞

〝あなたのおっしゃりたいことはよくわかりました。でも、お縫さんを巻き添えにすることが、綺麗に死ぬことではないと思いますけど——〞

〝病が人に知られないうちに自分で死のう、これは決めていたことですよ。男の遊び心はよく知ってるつもりでしたから、あの男の女遊びも許しました。でもね、よりによって、相手がお縫で、あの男の子を身籠もっているとわかったんですよ〞

〝ご存じだったのですね——〞

〝あたしは廓《くるわ》出の女ですよ。身籠もった女の顔は嫌というほど見てきました。不幸な顔、滅多にいないけれど、幸福そうな顔。お縫はね、幸福でならないって顔をしてたんです。それがどうにも癪《しゃく》だったんですよ。許せなかった。お縫の輝いている顔を見ていたら、死のうとしている自分の意地なんか、馬鹿みたいなもんで、くすんだ古着みたいに、情けなく思えたんです。あたしはいったい何を支えに生きて死のうとしているのかってね〟

〝それでお縫さんから幸福をもぎ取ることを思いついたのですね――〟

〝我ながら名案だと思いましたよ。死のうと決めて、まずいと思ったのは、お内儀が自死したなんて、他人聞《ひとぎ》きが悪すぎることでしたから。お縫には、前もって来るように言っておいて呼び寄せ、先にあたしが死んでいれば、お縫を下手人に仕立てられる。これで万事何の心配もなくなるって、ほっとしたんです。ほれぼれするようないい案だったのに――〟

お品は口惜《くや》しそうにうつむいた。

〝でも、与兵衛さんがお腹の子のために、お縫さんを庇《かば》ってしまいましたね――〟

〝あればかりは、考えてもみなかったことだけど、あたしが身籠もったお縫を見て、たまらなく妬《や》けたのだから、我が子を抱けると思ったあの男が、庇い立てするのも不思議はないわね。子どもって大したものよ、廓女が束になってかかっても、かなわないね〟

そう言って、お品はほっとため息をついた。

〝ところで、わたくしに役者たちの夢を見させたのはあなたですね――〟

〝その通り、うちの人とお縫の間の子が医者になってて、このところ、始終、あんたの近くにいたもんだから――〟

〝今になってなぜ？――〟

〝とうとうあのお縫も三途の川を渡ったからね〟

〝お縫さんを許したのですね――〟

〝まあ、そんなところなんだろうね。憎む相手がこの世にいなくなったのさ〟

〝あの世では、与兵衛さんとはご一緒ではありませんね――〟

すると、お品はうつむいて黙ってしまった。

〝与兵衛さんまで憎んでいるのですか――〟

するとお急にお品の姿が消えた。

見えているのは与兵衛がお縫から取り上げた匕首に重なっていた、煙草入れと、奉行所宛《あ》ての文であった。

目覚めたゆめ姫は、すぐに夢に見た煙草入れを絵に描いた。そして、尚庵が訪れると、まずは、お品の夢を話して、

「すぐに山崎様のところへいらしてください。そして、亡くなったお品さんのそばに、匕首と一緒にあったのは何だったのか、訊いてください」

相手を促した。

戻ってきた尚庵は、

「お品さんのそばにあったのは、龍の形の根付けでした。象牙《ぞうげ》で出来たたいそうなもので、実父の持ち物だと一目でわかり、実父が下手人だということになったのだそうです」

それがいったい何だとばかりに、不審そうに首をかしげた。

そこで、姫は煙草入れの絵を見せ、

「これと同じ煙草入れを売る店を探してください。必ず、お実父上様の手がかりがあるはずです」

言い切った。

――お品さんが自分のそばにあった根付けではなく、あるはずのない煙草入れを、わざわざわわに見せたのには、理由《わけ》があったのだわ――

とうとう実父与兵衛との対面を果たした尚庵は、

「実父与兵衛は長屋に住み、煙草刻みの職人をしていました。長い間、独り身で上方に隠れ住んでいたと聞きました。何年か前に、長年の煙草刻みの仕事が祟《たた》って、胸の病を得てからは、江戸がなつかしくなったそうです。わたしのことも、ふと心を掠めたと言っていました。無事生まれたか、どうかもわからない子ではあっても、生まれて立派に育っていると思うことが、生きる張り合いになったとのことでした。そんな心根の実父ですから、医家を継いだわたしを見て、涙を流して喜んでくれました。これからは、精一杯の親孝行ができます。けれども――」

一度言葉を切って、涙ぐむと、

「実父は妻殺しで追われている身です。諦《あきら》めていた我が子に会えたのだから、もう、いつ死んでもいい、お上のお裁きも受ける覚悟だと言っていますが、実父は下手人ではありません。何とか身の証がたたないものかと思案しているのですが――」

頭を抱えた。

「たしかにお品さんの夢の話だけでは、奉行所は与兵衛さんを無罪にしませんね」

そこでゆめ姫は、匕首や煙草入れと一緒に見えた文の話をした。

「女の方の文字でした」

「お品さんが書き残したものなのでしょうか」

「そうではないと思います。秋香寺には行かれたのでしたね。庵主様にはお会いになられましたか」

「いいえ、お出かけになっていたのでお会いしていません」

「ならば、庵主様が、幸月尼と名乗って仏様に仕えていた、お縫さん、お実母上様の文を預かっておられるのでは――。それでお実父上様は救われるかもしれないのです」

尚庵は秋香寺へと急いだ。

幸月尼のお縫が遺した文には、お品を殺めたのは自分で、与兵衛は自分を庇って、わざと証となる品を置いたのだと書かれていた。

この文をゆめ姫に見せた尚庵は、

「たしかにこれは実父の無実の証にはなります。けれど、どうして実母は、このような嘘《うそ》を――」

幾度も目をしばたたかせた。

この夜も姫は夢を見た。

〝あの文を自分の命がもう長くないとわかった幸月尼さんに書かせたのは、あなたですね――〟

お品は黙ってうなずいた。

〝あなたは与兵衛さんを深く想っていたのでしょう。その与兵衛さんを喜ばせるため、この世に宿敵のお縫さんがいなくなった後、尚庵先生と親子の名乗りをさせたかったのですね――〟

〝そうですよ〟

ぶっきらぼうに答えたお品はさらに、

〝前にも申しましたでしょう。廓女が束になってかかっても、子どもにはかなわないって――。だから、あたしはもう、こうするより、仕方なかったんですよ〟

ふっと寂しげに笑って消えた。

長い歳月を経て無罪と決まった与兵衛の話は、瓦版屋を喜ばせ市中の人たちを騒がせた。

――この世の中、男と女、親と子の絆は、それぞれ別にあるのではなく、さまざまに絡み合って、よろこびや怒り、悲しみの元にもなり、とても一筋縄ではいかないものなのね――

ゆめ姫はしみじみとそう感じた。

第三話　ゆめ姫、悪霊を追い続ける

一

正月も半ばを過ぎた。

水も少しずつ温《ぬる》み、冬の間眠っていた草木の芽がいっせいに可愛《かわい》い小さな顔を出して、陽《ひ》の光をあびようとする頃《ころ》である。

しかし、信二郎はまだ眠りから覚めない。

「時折、脈が弱くなるのが案じられます」

尚庵は顔を曇らせた。

ゆめ姫はまた、池本家で泊まり込みの看病に入った。

「わたくしもお手伝いいたします。このままでは亀乃様も倒れ、姫様とてまた、お疲れで熱をお出しになるでしょうから」

有無を言わせぬ口調で藤尾も加わった。

「ゆめ殿が、わが家に戻ってきてくれて、何と心強いことか――」

亀乃はほっとして笑いかけて泣き顔になった。

「叔母上様《おばうえさま》、少しお痩《や》せになりましたね」

「よく肥《こ》えていると、殿様に言われていましたからね、これぐらいでちょうどいいのかもしれないわ」

亀乃は涙を拭おうとしたが、

「このまま信二郎は――」

しばらく堪《こら》えていたものが堰《せき》を切った。

「叔母上様」

知らずとゆめ姫は亀乃の背に両手を回していた。

「大丈夫です。信二郎様はきっと目をお覚ましになります」

「毎夜、床につくたびに信二郎のことが気にかかってなりません。今日はちゃんと息をしていたけれど、明日はどうかしら、目を覚ましてみたら、もう息をせずに冷たくなっていたらどうしようかと――」

亀乃は涙ながらに訴え、

「これでもわたくしは武家の女。このような武家の妻にあるまじき愚痴、とても恥ずかしくて殿様には申し上げられませんでした」

恥じ入って項垂《うなだ》れた。

「お辛《つら》いお気持ち、とてもよくわかります。わたくしも同じ想《おも》いですから。どうか、わたくしにだけはお胸の裡《うち》をお話しください」

——わらわが熱を出してここにいなかった間、叔母上様はお一人で信二郎様のお世話を続けていらした。とてもお心細かったのだわ。何とか励ましてさしあげなければ——

「ありがとう」

亀乃は涙を拭って微笑《ほほえ》んだ。

「実は思い悩んでいることはまだあるのです」

「どうかおっしゃってください。お力になれるかもしれません」

「水飴《みずあめ》」

亀乃は一言洩《も》らした。

「水飴が何か?」

「信二郎は蜂蜜《はちみつ》や黒砂糖を溶かした水よりも、わたくしが作った水飴を溶かしたものの方をよく飲んでくれるのです」

「きっと、叔母上様手ずからのものとおわかりになるのですね」

「作り置きの水飴がもうそろそろ切れてしまうというのに、なぜか、上手《うま》く作れないのです。そんなことも悪い予感につながって——」

「わたくしがお手伝いいたします。二人して祈りながら作れば、きっと上手く作れます」

「心強いです」

こうして、ゆめ姫は作り置きが尽きる前に、亀乃と一緒に水飴作りをはじめた。

水飴作りは根気のいる仕事である。まずは根がよく伸びて、すくすくと芽を伸ばす麦芽を作らなければならない。それには質のいい大麦が必要なので、藤尾が市中の雑穀屋を回ったものの手に入れられず、近郊の農家にまで足を延ばしてやっと手に入れてきた。洗った大麦を水に浸してから三、四日間、丁寧に毎日、浸した水を換える。笊《ざる》にあげて水気を切った後、用意した茣蓙《ござ》の上に敷いた濡《ぬ》らした木綿《もめん》布の上にこの大麦を蒔《ま》いていく。並べた大麦の上にまた木綿布をかけ、さらにその上に茣蓙を二、三枚かける。保温のためである。朝夕に覗《のぞ》いてみて、茣蓙が湿るほどに水をかけ、大麦をかき混ぜる。

信二郎の命綱である水飴作りに熱中していると、南町奉行所定町廻《じょうまちまわ》り同心の山崎が訪れた。信二郎の病状が気になってならない姫は、当分の間、夢治療処《ゆめちりょうどころ》ではなく、池本家にてお役目を務めると決めていたのであった。

「誰が何と言ってもそういたします」

ゆめ姫は方忠と総一郎を前に言い切った。

「我らが半年の間、苦しめられている事件に、お力を貸していただきたいのです。何とも奇妙で正体のわからぬもので――」

山崎は気むずかしい顔で話し始めた。

「どこまでお力になれるかわかりませんが、どんな事件なのか、お話しください」

「はじめに起きたのは去年の七月のこと、京橋水谷町《きょうばしみずたにちょう》でした。水茶屋で働いていたおぶんという娘が、帰りを襲われたのか、家の近くの路地裏で冷たくなっていました。それから次は十月で、母親の薬代を稼ぐため、日本橋横山町《よこやまちょう》で料理屋の仲居をしていた娘お花《はな》が、同じような目に遭《あ》って川原《かわら》に捨てられていました。今年に入ってすぐには、三河町《みかわちょう》の長屋に住む大工見習いの蓑助《みのすけ》が立ち寄った一膳飯屋《いちぜんめしや》からの帰り、柳の下で死んでいました。わたしたちは躍起になって下手人を追いましたが、見つけることができず、とうとう、はじめから数えてそろそろ半年になる昨日、両国にある米問屋〝中西屋《なかにしや》〟の若旦那《わかだんな》光太郎《こうたろう》が殺されました。仲間うちの集まりの宴席で、厠《かわや》に立った後、いっこうに戻ってこないのを不審に思って、皆で探したところ、庭の灯籠《とうろう》の後ろに身体《からだ》をもたせかけて死んでいたのです」

「殺された人たちは皆、若い人たちですね」

ゆめ姫は共通点を口にした。

「そうです」

「お話の流れだと、この四人の人たちを殺したのは、同じ下手人だと見なしておられますね」

「はい」

「殺されたのが若い人たちだというだけで、なぜ同じ下手人だと思うのです？　互いにつきあいでもあれば、何かの事情で皆一様に恨みを買っていたことも考えられます。でも、皆様それぞれのお住まいは離れている様子ですし――」

住まいが離れていると言い当てられたのは〝江戸よろず散策案内〟の受け売りであった。

「同じ奴《やつ》の仕業だという確たる証《あかし》があります」

山崎は憮然《ぶぜん》として言い放った後、畳の上に置いてあった風呂敷《ふろしき》包みを引き寄せて、結び目を解いた。中からうっすらと黄色い盛り上がりを摘《つま》み上げるすると、するすると平たい紐《ひも》が出て来た。ひもかわ饂飩《うどん》を想わせる紐は全部で四本あった。

「これは干瓢《かんぴょう》です。乾かして蓄えておくのが普通ですが、人を殺《あや》めた時には濡れていたので、こうして濡らしてまいりました。濡らすと強く、なかなか切れません。そしてこれが動かぬ証なのです」

きっぱりと言い切った。

「一番はじめに殺されたおぶんの首に巻かれていたものです」

干瓢を手渡された姫が目を閉じると、そのとたん、今まで見ていた客間の様子が消え、視界が真《ま》っ暗闇《くらやみ》に閉ざされた後、首を絞められて苦悶《くもん》する娘の顔が見えた。

何か必死に訴えているように見えるが、言葉までは聞こえない。

あまりの恐ろしさに姫が言葉を発せられずにいると、

「お気付きの通りで」

山崎はすぐに察した。

「殺された者たちはこれを首に巻き付けられて果てていました」

「何という恐ろしい――」

姫は青ざめた。

「できますれば、あとの三本も手に取られて、確かめていただければと思いますが」

「わかりました」

そう言って、姫が残りの干瓢を手に取ろうとすると、

「もうよろしいのではありませんか」

茶を運んできた藤尾が止めに入った。

「ゆめ様もおわかりになったはずです」

藤尾は肩を震わせているゆめ姫を心配そうに見ている。

「とはいえ、全部、確かめていただかなくては、わたしの申していることが真実《まこと》だと断じられないのではありませんか」

山崎はゆめ姫に片想いを抱く男ではなく、役目に熱心な同心の顔になっている。後へは引かない。

「その通りでございます」

姫は震える声でうなずいた。

「これはわたくしのお役目でございます」

――四人が四人ともあのような酷《ひど》い殺され方をしたのなら、さだめし、霊となっても無念でならず成仏できずにいることでしょう。お可哀想《かわいそう》に――

「ですから、山崎様のおっしゃるようにいたします」

「お願いします」

「では」

姫はこれは大権現様からの試練だと自分に言いきかせて、二本目の干瓢に触れた。

客間が消え暗闇を経て、二番目に殺されたお花の苦しみに歪《ゆが》んだ顔が見える。おぶん同様、口は動いているが声は聞き取れない。

三番目のには血が付いていた。下手人は干瓢を巻き付けた上に両手を置いて、ぐいぐいと絞めつけている。何やら叫ぼうとしている蓑助は必死で抵抗し、絞めている下手人の両手に爪《つめ》を立てていた。

光太郎の干瓢は二つに切れかけていた。大柄な光太郎は敏捷《びんしょう》で力も強かったのだろう。首に巻かれた干瓢を咄嗟《とっさ》に引き千切りかけた。だが下手人は、後ろから満身の力をこめて光太郎の首を絞めた。顔を見ずに殺したのである。光太郎は鷹揚《おうよう》に育った大店《おおだな》の若旦那らしく、どうしてこんなことになるのかと、驚いたような顔から次第に苦悶の表情へと変わっていった。

二

「まちがいありません。この干瓢を使って下手人は次々に人を殺めていったのです」

姫はぐったりと心が萎《な》えるのを感じ、

——人の所業とはとても思えない、まるで鬼のようだ——

信二郎をこのような目に合わせた悪霊、那須原隆仙の高笑いが聞こえて来たような気がした。

――とうとう現れたのね――

姫は生まれてはじめて武者震いし、怒りと緊張のあまり顔が強《こわ》ばった。

「ほかに何か見えたものはありませんでしたか？」

山崎のさらなる追及に、

「ございません」

姫は顔を伏せた。

その夜、姫は四人の夢を見た。山崎の前で見た白昼夢とほぼ同じである。

四人とも殺されて息が止まる寸前なのだが、なぜか今まさに息絶えるという瞬間、大きく目を見開いて、一番はじめに殺されたおぶんは、

「やま」

はっきりと言い、二番目のお花は、

「こころ」

やっとの思いで言葉を口にし、

「つき」

蓑助はそこで力尽きた。

光太郎は震える指で地面に、

「そら」

　何とか読める字で書いた。

「どうして？」

　ゆめ姫はそう叫んで目が覚めていた。

〝やま〟、〝こころ〟、〝つき〟、〝そら〟が、死者たちからの言伝《ことづて》であることはわかっていた。けれども、それらが何を意味しているのか、皆目見当がつかないのだ。

　恐ろしい夢を見たせいで寝つかれず、明け方になってうとうとしたゆめ姫は寝坊をした。

「姫、お役目が大変なようですね」

　姫が起きてこないのを案じた亀乃が部屋を覗きにきた。

「信二郎の看病とお役目の両方を務めているのですもの、無理もありません。今すぐ、お粥《かゆ》をつくりましょう」

「ありがとうございます」

　姫は亀乃に礼を述べ、

「至急、山崎様をお呼びください」

　頼んだ。

　とにかく、山崎に話して死者たちの言伝が何であるのか、突き止めなければならない。

「わかりました。でも、あなたがお粥を召し上がってからですよ」

　ところが、亀乃が部屋から出て行くと、急にまた眠気が来て、ほんの少しまどろんだだけなのにまた夢を見た。

場所は暗い。土蔵だとわかったのは、以前、姫は亀乃から頼まれて池本家の蔵から総一郎と信二郎の凧《たこ》を運び出して、虫干ししたことがあったからである。

——立派なお蔵だわ——

由緒ありげな仏像や金で作られた飾りがまばゆい簞笥《たんす》、小判がぎっしり詰まっていると思われる千両箱などが、所狭しと並んでいる。けれども、見えているのはそれだけではない。

またしても、人が殺されようとしていた。平たい紐が若い娘の首に巻かれ、その上から下手人の両手が絞めつけている。娘は光太郎よりもさらに驚いた表情で、苦しみながらも最後に、

「かげ」

大きく叫んで、がくりと首を前に垂れた。

〝姫、姫〟

やや弱々しくはあったが、遠くから聞き覚えのある声が聞こえてきた。

——あれは——

誰の声だったか思い出そうとしたが、川の流れのように容赦なく続いている夢に押し流された。

死んだ娘の首に酷《むご》たらしく巻き付いている干瓢——。あんなもの、もう見たくないと叫

なってくださいと叫び出しそうになった時、

「姫様、しっかりなさってください」

　藤尾らしい力強い声が聞こえてくる。ゆめ姫は一度目覚めた。

「お休みのところを勝手に部屋に入ってすみません。廊下にも聞こえるほど、ひどくうなされておいでましたので」

〝姫、姫〟

　もう一つの声も聞こえ続けていて、姫は目を開いたまま、白昼夢に誘われた。

　白昼夢に現れたのは慶斉《よしなり》だった。

〝訊《き》いてみなければと思っていたことがございました。信二郎様のために砂埃《すなぼこり》を立てて、助けてくださった慶斉様には、いつもこうしてわらわの夢が見えるのですか〟

〝そうだといいのですが〟

　慶斉は悲しげに首を横に振った。

〝わたしの力は夢に死者が現れるほど、強いものではないので、常にあなたの夢に入れるわけはなく、前の時や今回のように時折のようです。いつも入れれば、あなたの怖《こわ》い想いを分かち合うこともできるのですが——残念です〟

——優しすぎる慶斉様がこれ以上、苦しまずに済んでよかった——

〝ただ、わたしも時折、霊が見える者として、多少、あなたの怖さやたまらなさがわかるのです〟

〝わかっていただいて、ありがとうございます〟

〝昨日から思っておりましたが、四人もの人を殺す下手人を捜すなどというお役目は、あなたには酷すぎます。案じられてなりません〟

〝いいえ〟

姫は大きく首を横に振った。

――だめだわ、こんなことでへこたれては。四人もの人が殺されたのは辛くてならないけれど、四人の霊を供養してさしあげることがわらわの使命なのだから――

〝あなたという人は子どもの頃から強情でした〟

慶斉はため息をついた。

〝すみません〟

〝それから、一言弁明しておきます。わたしが文を出し、返してくれたあなたからの文に返事を出さなかったのは、周囲の者たちが、将軍の正室は京の姫御前か、雄藩の姫でなければならないと言いだし、あなたの文を隠していたからです。わたしが知らなかったからなのです。とはいえ、ここで謝らせてください、どうか、許してほしい――〟

慶斉は頭《こうべ》を垂れて詫《わ》びた。

〝気にしていません〟

応《こた》えたゆめ姫は、

――そんなこともあった――

文を返してくれない慶斉への切なさで、ほんの少し胸を痛めていた日々が遠い昔のように思い出された。

──今にして思えば、あんなの、どうということもなかったのだわ──

白昼夢から覚めたゆめ姫は、夢での慶斉に、〝やま〟〝こころ〟〝つき〟〝そら〟〝かげ〟について、話しそびれてしまったことに気がついた。

──慶斉様がわらわを思いやってくださるのはうれしいけれど、わらわには果たさなくてはいけないお役目がある。信二郎様がお元気なら、死者の言葉の意味について、夢中になって、大切な謎《なぞ》を解こうとしてくださるにちがいない──

亀乃が粥の入った椀《わん》を盆にのせて入ってきた。姫が食べ終えるのを待って、

「ゆめ殿、山崎様がまたおいでです。お連れしたいところがあるそうです。いいのですよ、気に染まぬことを引き受けずとも──。いっそお断りしましょうか」

おろおろと案じた。

「いいえ、叔母上様。これはわたくしのお役目ですもの、お連れいただくところがおありなら、行かなければなりませんわ」

姫は精一杯急いで身仕舞いをすませた。

山崎は、肩を怒らせて控えている藤尾となるべく目を合わさないように座っていた。

「実は──」

姫の顔を見ると挨拶《あいさつ》もなく切り出したが、

「また人が殺められたのでしょう」

「また夢を?」

「今朝方、今さっきでしたが、娘さんが干瓢を巻き付けられて、無残に殺される夢でした」

「殺しがあったのは両国の米問屋〝中西屋〟です」

「〝中西屋〟といえば、殺められた光太郎さんのところですね」

「光太郎には妹と弟が一人ずついます。今回殺されたのは、十七歳になる妹のおかなでした」

――夢で見たのがおかなさんだったのだわ。〝そら〟と書いた光太郎さん、〝かげ〟と言ったおかなさん、どうしてこの二人だけがご兄妹《きょうだい》なのかしら――

「わたくしがお連れいただくのは、おかなさんが殺された所、〝中西屋〟さんですね」

「そうです。是非そこを見ていただきたいのです。ゆめ殿には事件と関《かか》わりのある品に触ると、瞬時に真相が閃《ひらめ》くお力がおありですから」

「わかりました」

「わたくしもご一緒します」

藤尾が声を上げた。

三

「信二郎のことはわたくしが看ていますから、藤尾殿はゆめ殿に付き添ってください。けれど、いくら奉行所のご用とはいえ、女子《おなご》がそのような所に出向くなんて、わたくしには考えられません。ゆめ殿はどんなにお辛く、怖いことか――」

亀乃は、早速駕籠《かご》を二挺《ちょう》用意させた。

行き着いた両国の〝中西屋〟は、どっしりした大きな店構えで、古めかしい老舗《しにせ》の看板がそびえ立つようにさえ見えた。

もう昼近くだというのに、店は大戸を下ろしたままである。山崎が店の前で声をかけると、

「お待ちしておりました」

年配の大番頭がくぐり戸を開けた。

「五平《ごへい》と申します。旦那様が若旦那様だった頃から、ずっとお仕えいたしております者です」

店の中に人の姿はなく、しんと静まり返っている。

「店の者には各自の部屋にいるように申し付けました。あまりのことに旦那様は寝ついてしまわれています」

そう説明した五平は、やや青ざめてはいるが、年の功なのだろう、さすがに取り乱してはいない。

「こちらでございます」

おかなの部屋へと案内した。おかなは布団の上に仰向けになって死んでいた。首には干瓢が巻き付けられている。

姫が夢で見た通りの死に顔であった。驚きと苦悶――。

山崎と姫は手を合わせてから死者をじっと見た。

「夢では気がつかなかったのですが、首に下手人の手の痕《あと》があり、干瓢が止《とど》めになったのではありませんね」

姫が念を押すと、

「そうです。干瓢を巻いた首を両手で絞めて殺しています」

山崎はうなずいた。

「殺すためではなかったとすると、干瓢は何のために必要だったのでしょうか」

「わかりません」

答えた山崎はそばにいた五平の方を向くと、

「これから店の者から話を聞くゆえ、座敷を借りたい。臥《ふ》せっているというが主《あるじ》三右衛門《さんえもん》にも訊く。弟浩二郎《こうじろう》にも訊くぞ、よいな」

声を張って命じて、

「あなたもおいでください。話を訊く相手に触れていただけば、ついている嘘《うそ》を見抜いていただけるかもしれませんから」

姫を促した。

「わかりました。どうか先においでください。少し気がかりなことがありますので」

姫はしばらくおかなの部屋に残ることにした。

「わたくしには見えませんが、霊がいるのですか」

藤尾も一緒に残っている。

「霊は見えません。話しかけてもくれていません。けれど何やら気配が——」

するとどうしたことだろう、風も吹いていないというのに、おかなの首の干瓢が舞い上がった。次に文机《ふづくえ》の上の紙が続いた。畳に落ちた干瓢の上に、一枚、二枚、三枚、四枚、五枚、と天井から紙が落ちてきた。それらの紙には、やま、こころ、つき、そら、かげと書かれている。

「まただわ」

そこで姫は、はじめて藤尾に夢の話をした。

「死者からの言伝なのでしょうね」

藤尾は頭を抱えた。

「意味は見当がつきません」

この時、風がさーっと、おかなの部屋の奥へと吹き渡った。さすが大店の娘の部屋らしく、次の間がある。

——呼ばれているようだわ——

姫は次の間へと足を踏み入れた。次の間には衣桁《いこう》と鏡台がある。衣桁がぐらぐらと揺れ続けている。

〝誰でもいいから、あの言葉の意味を教えて、お願い〟

姫は鏡台から布の覆いを取り除けてみた。

〝姫〟

鏡の中に信二郎がいた。痩せて青ざめきっている。

〝信二郎様〟

うなずいた信二郎は無理やり笑おうとしたが、わずかに口元が緩んだだけであった。そして、

〝かげを漢字で書けば、下手人が、下手人がわかる——〟

やっと言うと消えてしまった。

——鏡の中に現れるということは、もしかして信二郎様は、もう——

姫は全身の血がすっと引いてその場に崩れ落ちた。

「姫様」

藤尾は駆け寄り、助け起こした。

「藤尾、信二郎様が今——」

姫は涙をこらえて起きた出来事を話した。

「すぐに池本へ使いを出し、信二郎様の容態を確かめてもらいましょう」

藤尾はそう言って、

「誰か、誰か」

大声を出し、

「何でございましょう」

かけつけてきた番頭に使いを頼んだ。

「姫様、浦路様ならこんな時、こうおっしゃると思います。〝あなたは武家の女子です。いざという時のお覚悟はしておいてください〟と。そして、今、わたくしたちが信二郎様のためにできるのは、鏡の中の信二郎様が洩らされたお言葉の通り、下手人を見つけることなのです」

「でもそれには、意味が分かるよう、言葉をつながなくてはなりません」

「これは、何でしょう?」

藤尾は文机の上にあった〝影〟と書かれた紙を姫に手渡した。

「これはさっきまでなかったものです」

「信二郎様が書かれたものかもしれません」

「だと思います。本当は、やまもこころも、つき、そらも漢字でお書きになりたかったのでしょうが、弱り切っている信二郎様には、そこまでのお力がなくて、姫様に話しかけて、

〝影〟と書くのが精いっぱいだったのでしょう」

そこで藤尾は、紙に一枚ずつ、〝山〟、〝心〟、〝月〟、〝空〟と書いて、〝影〟と一緒に畳の上に並べた。

「いかがです？　お分かりになりますか」

姫はしばらくじっと見つめていたが、

「謎解きなど、わたくしには難しすぎて――」

つい弱音が口から出かけた時、畳に落ちている干瓢が目に入った。

「その干瓢が何か？」

藤尾は首をかしげた。

「干瓢はこの紐のような姿で生えているのですか」

「違います。元は丸ユウガオというウリの仲間です。それを薄く剝《む》いて干し、このようにするのです」

「丸ユウガオ――」

「それがどうかしましたか？」

「丸ユウガオ、ユウガオ――。もしかして謎は解けたかもしれません」

「教えてください」

そこでゆめ姫は次のような歌を口にした。

「山の端の心もしらでゆく月はうはの空にて影や絶えなむ」

「その歌は？」

「昔、才媛紫式部《むらさきしきぶ》が書いた〝源氏《げんじ》物語〟の中のものです」

「たしか、〝源氏物語〟といえば、藤原道長《ふじわらのみちなが》を模したといわれる光源氏の恋物語ですよね」

「ええ。〝山の端の心もしらで――〟は、源氏の君に愛されたがために、恋敵の六条御息《ろくじょうのみやす》所《どころ》の生き霊に取り殺された、夕顔《ゆうがお》の君という名の幸薄き美女の歌なのです」

「たしかに姫様が今、口にされた歌には、〝山〟、〝心〟、〝月〟、〝空〟、〝影〟が入っていますね。それに下手人が相手の首に、これみよがしに巻き付けて残した干瓢は丸ユウガオ、夕顔の君です。下手人は〝源氏物語〟の夕顔の君に拘《こだわ》っているのでしょうか」

「そうだと思います」

姫は大きくうなずいた。

「わたくしにはどうして、その夕顔の君とこのような殺害が結びつくのか、皆目わかりかねます。不勉強で歌の意味がわからないせいかもしれません。いったい、この歌はどのような意味なのでしょう？」

「山の端というのは殿方のことで、月とは女子のことです。山の端に出ている月が空で消えてしまうように、殿方がどんな気持ちでいるのかわからないまま、ついて行って、一夜を共にしてしまった女子は、いずれ捨てられるなどして、姿を消すことになるのでしょうかという意味の歌です。この後、夕顔の君は六条御息所に取り殺されるのですから、〝影や絶えなむ〟とあるのは、夕顔の君が漠と感じている、底知れぬ怯《おび》えを言葉にしたものとも言えます」

四

「まだぴんと来ません」

藤尾は首をかしげたまま、

「歌の意味はわかっても、事件との関わりがわかりかねるのです」

ため息をついた。

そこへ、

「皆が揃いました。お役人様がお二人をお待ちになっています」

手代が声をかけ、ゆめ姫と藤尾を座敷に案内した。

座敷には奉公人たちが集められていた。これだけの大店になると、四、五十人はいる。

姫は山崎に頼まれるままに、一人一人の手に触れてみた。

「秘密にしている悪事は見えましたか」

「小僧さんのつまみ食いや、手代さんが使いの途中、寄り道をして茶屋に立ち寄って、お茶を運んでくる綺麗《きれい》な娘さんに見惚《みと》れていたり――、楽しそうですよ」

「そんなものは悪事とはいえません」

山崎は渋い顔になった。

「しかし、まだ奥の手がある。殺された光太郎とおかなの弟浩二郎です」

「その方がどうして奥の手なのです?」

「考えてもみてください。後添えの子の浩二郎は、光太郎が死なない限り、この店を継ぐことができません。光太郎を亡き者としてもおかしくないでしょう。前の四件の殺しは、光太郎殺しを隠蔽《いんぺい》するための工作だったのかもしれません」

やや弾んだ声の山崎に、ゆめ姫は、

「おかなさんは先妻さんのお子なのですね」

念を押してから、

「浩二郎さんが関わっていたとして、いずれお嫁に行く女子のおかなさんまで、殺す必要があったとは思えません」

首をかしげた。

「たしかに――」

山崎の額に汗が吹き上がった。

浩二郎が大番頭の五平に付き添われて座敷に入ってきた。大柄な光太郎に比べて小さく、十六歳という年齢《とし》より幼げに見える。挨拶をと口を開きかけたが、なかなか言葉にならない。おずおずと山崎の前に座った。

「とにかく浩二郎さまはびっくりなさっておいでで――」

取りなした五平は浩二郎の後ろに控えた。

――この方は悲しんでいる――

目が合ったとたん、姫には目の前の少年の悲しみが見えた。

あまりにも深い悲しみのせいか、触れずとも見えた白昼夢であった。

立派な品々や千両箱がしまわれている、〝中西屋〟の蔵が見えている。朝に見た夢の続きであった。

——そうだった、おかなさんが殺されたのは部屋ではなかった。まちがいなく蔵だった。つい忘れてしまっていたわ——

仰向けに倒れて死んでいるおかなの目は、もう光を失っている。そこへ、

〝おかな、待たせたね〟

いそいそと浩二郎が蔵に入ってきた。

倒れているおかなを驚いて抱き起こし、

〝おかな、おかな、どうしたんだ〟

呼びかけたが、おかなが応えるはずもない。

〝おかな、おかな〟

浩二郎は狂ったように大声をあげて呼び続けた。

〝浩二郎さま〟

大番頭の五平が立っていた。

〝お嬢様はもう、亡くなっておられます〟

〝どうして——〟

浩二郎は絶句した。

〝事情はわかりませんが、これを見れば〟

五平は首に巻き付いている干瓢を指差して、

〝殺められたのだと思います〟

だが、浩二郎は五平の言葉など耳に入らなかったかのように、

〝おかなは死んでなぞいない〟

さらに強くおかなの骸《むくろ》を抱きしめた。

「いいえ、もう生きてはおられません」

沈痛な面持ちの五平はきっぱりと言い切ると、

〝いいですか、浩二郎さま、今からてまえの言うことをよくお聞きください。あなたはここに居てはいけません。あなたとお嬢様は仮にも姉弟です。こんなところでお嬢様とお逢《あ》いになっていたことが、店の者や旦那様に知れたら大変なことになります。お嬢様をお放しになってください。そして、ご自分のお部屋に戻られるのです。さあ、お嬢様をてまえに〟

浩二郎の腕の中からおかなの骸を抱き取った。

すると突然、銀の平打ちの簪《かんざし》が見えた。殺されていたおかなのそばに落ちている。

浩二郎を追い立てるようにして、先に蔵から出した五平は、おかなを抱いて蔵の出入り口に向かおうとしてその簪に気がついた。

〝これはいけない〟
呟《つぶや》いた五平は簪を拾って、自分の懐に入れた。
——これでおかなさんが蔵ではなく、自分の部屋で亡くなっていた理由がわかったわ
——
「お手をお借りいたします」
しばしの白昼夢から覚めたゆめ姫は浩二郎の右手を自分の両手で包み込んだ。
すぐにまた白昼夢が訪れた。
夜である。まず橋が見えた。橋の上に若い男女が立っている。
〝ほんとうにいいんだね〟
浩二郎が念を押した。
〝ええ〟
にっこり笑って、おかなは応えた。
〝この世で添えないのならば、せめて、あの世でと、あたしはもう心に決めたのよ〟
〝姉さん〟
〝おかなと呼んでちょうだい〟
おかなは羞《は》じらった様子で頬を染めた。
〝もう、あたしたちは姉と弟じゃないんだもの——〟
〝おかな〟

返事をする代わりにおかなはうなずいて、浩二郎に抱き寄せられた。唇が重ねられる。

二人はしばらくそうしていたが、

〝じゃあ行くよ、目をつぶって〟

どぼーんと大きな音がして、二人は暗い川面《かわも》へと落ちて行った。

──二人は心中しようとまで思いつめていたのね──

「五平さん」

覚めた姫は浩二郎にではなく、大番頭に話しかけた。

「あなたは浩二郎さんとおかなさんの仲が、皆にわかってしまうことを怖れて、おかなさんの骸を部屋に移しましたね」

びくりと肩を震わせた五平は、

「そんなことは──」

目を逸《そ》らして、

「いったい何の証《あかし》があって──」

さらに惚《とぼ》けたが、

「証ならあなたがお持ちですよ。あなたの懐には、蔵で拾った簪がしまわれているはずです」

「どうしてそんなことまで」

五平は怖いものでも見るようにゆめ姫を見て、座ったまま後ずさった。

「あなた様はいったい――」

「人並みではない力の持ち主であられるのだ。この方の前で悪事の隠し事はできぬぞ」

山崎は脅しつけるように言い、さらに、

「大人しくここに出さずば、裸に剝いて吟味するまでだ」

強面《こわもて》で詰め寄った。

「申しわけございません」

五平は白髪交じりの頭を何度も垂れた。

「これにございます」

懐から簪を出して山崎に差し出した。

「おかなのものだな」

「たぶん」

「たぶんとはどういうことだ」

「お嬢様はそれはそれは沢山、簪をお持ちですから」

「これを」

簪は山崎の手から姫に渡った。

――これは――

簪を受け取ったとたん、ぼんやりとではあったが白い花が見えた。だが、すぐに消えてしまった。

ここで、姫は事件が源氏物語の夕顔の歌を模していることと浩二郎から感じとったことを、山崎にそっと告げた。すると、

「五平、おまえは浩二郎とおかなの仲だけではなく、浩二郎について、ほかのことも隠し立てしているのではないか」

山崎が詮議《せんぎ》をはじめた。

「ほかのことと申しますと――」

「浩二郎は中西屋の主になりたいがために、兄殺しと道ならぬ恋の相手の姉のおかなを殺そうと思い立った。おまえはその手助けをしたのだろう。源氏物語の女人夕顔の悲運にこじつけて、四人もの関わりなき人たちを巻き添えにすれば、ことは不可思議な事件として、永遠にわからぬものと高を括《くく》り、われら奉行所を愚弄《ぐろう》したのではないか」

山崎は大声を上げて詰め寄った。

五

「な、なにをおっしゃいます」

五平は縮み上がった。

「そうですよ、その通りです」

浩二郎がはじめて口を開き、

「ただし、五平は関わりがありません。すべてわたし一人でやったことです。すぐに死罪

にしてください。そうすれば、あの世のおかなを待たせずにすみますから」

微笑みさえ浮かべた。

「よく白状した。だが、五平を見逃すことはできぬ。店の者に聞いたところ、光太郎が殺された日こそ、浩二郎、おまえは江戸にいたが、日本橋横山町のお花、三河町の蓑助が殺された日、商いで手代と一緒に遠くへ出ている。よって、お花殺しと蓑助殺しはおまえにはできない。江戸にいた五平が代わって殺したのだ。だから五平もおまえと同罪だ」

山崎は断じると、十手を突きつけ、浩二郎と五平に縄をかけた。

こうして、干瓢が使われ夕顔にちなんだ一連の殺しは、落着したかのようだった。下手人が番屋に引き立てられてほどなく、池本家から戻ってきた中西屋の小僧が、

「一時、脈が触れず、中本尚庵先生を呼ばれたとのことでしたが、今は脈が戻ってお変わりないそうです」

信二郎の容態を伝えてくれた。

池本家へ戻った姫は、玄関を入るとすぐに信二郎の眠る離れへと走って行った。信二郎の枕元《まくらもと》で出迎えた亀乃は、

「わたくし、信二郎の脈が触れなくなった時は、もう自分の脈まで止まるような気がして——」

ぽろぽろと涙を流して、

「脈が戻った時は、代わりにわたくしの脈が無くなってもいいとさえ——」

言葉を詰まらせた。

「叔母上様、お疲れですね。どうかお休みになってください。今日は、このままずっと明日朝までわたくしが付き添います」

姫は枕元に座り続けた。

——こうしてまた、信二郎様は眠り続けて、あの世とこの世の間を彷徨《さまよ》い続けておられる。おかなさんの部屋の鏡台の鏡の中に現れた信二郎様は、わらわを事件の真相に気づかせるため、あの世に近いところにおられたに違いない。浩二郎さんと五平さん、あの二人が真の下手人ならば、この世に戻ってきてもよいはず。もしかしてあの二人は——

何刻《なんどき》そうしていたであろうか。上女中が行灯《あんどん》に火を入れに来た。陽が落ちると寒さが身に沁《し》みる。信二郎の夜着をなおした時、どくっと一つ、信二郎の首の脈が温かく触れた。

そのとたん、急に眠気が襲ってきて、姫はうつらうつらまどろみはじめた。

夢を見た。

中西屋のおかなの部屋だった。そう思ったのは柱の傷に見覚えがあったからである。畳の上に押し倒され、すくみあがっている若い女もおかなに見えた。だが、よく見ると、似てはいるが別人だった。おかなにはある大きな泣き黒子《ほくろ》がこの女にはない。

——おかなさんでないとしたら、これだけ似ているのだから、きっとお母上様だわ——

若い女が怯《おび》えきっているのは、目の前に、天狗《てんぐ》の面をつけた大男が覆いかぶさっているからであった。

た。


――この者がおかなさんのお母上様を――

大男は天狗の面を取ったとたん、蜘蛛《くも》とも蛭《ひる》ともつかないべろんとした黒い塊に変わった。

ゆめ姫は思わず心の中で叫んだ。

――悪霊那須原隆仙――

すると黒い塊はまた元の天狗面に戻り、

〝わしはな、どんな美味《うま》いものでも、据《す》え膳《ぜん》は好まぬ。このように、無理やりにしか食べられぬ珍味が好きなのだ。わしを怖がれ、震えろ、逃げてもいいぞ。捕まえて食ってやる。きっと格別な味だろう〟

獰猛《どうもう》に笑った。

――もう、この後のことなど見たくない――

夢の中で姫が悲鳴をあげると、みるみる天狗の面は白い花に変わった。

――これは、あの時――

前にはぼんやりとしか見えなかったその花は、夕顔の花であった。

――わかったわ――

目を覚ましたゆめ姫は懐にしまっていた、おかなの骸のそばに落ちていたという簪を出してながめた。彫られているのは、朝顔によく似た夕顔の花であった。

――これはおかなさんのものなどではあり得ない――

夜が明けてきて、明け六ツ（午前六時頃）の鐘の音が聞こえてきた。

「信二郎様、お待ちになっていてくださいね。もう少しで真の下手人を見つけることができるのですから。見つけたら、きっと目を覚ましてくださいますよね」

姫が信二郎に語りかけていると、亀乃が部屋に入ってきた。

「ゆめ殿、山崎様が早くにお見えになって、待っておられます。ここはわたくしに任せて、客間へおいでになってください」

朝の挨拶もそこそこに姫を急《せ》かした。

客間に姫が入ると、

「実は至急、あなたに聞いてもらわねばならぬ事態になりました」

手拭《てぬぐ》いを忘れたのだろう、山崎は額の汗を手で拭《ふ》いた。

「昨日、夕方近くになって、中西屋の主三右衛門が、是非、話したいことがあるからと奉行所を訪ねてきたのです。話というのは、自分は光太郎とおかなの父親ではなく、二人の父親は天狗だというのです。見込まれた先妻は、一度ならず二度までも、家に忍び込んだ天狗の毒牙《どくが》にかかってしまったのだと。早死にしたのも、その痛手ゆえだとも。そして、一連の事件は浩二郎と五平の仕業ではなく、この天狗が関わっていると言い張るのですよ」

「やはり――」

姫は大きくうなずき、山崎は先を続けた。

「中西屋は浩二郎が下手人と決まれば、お上の裁きは厳しく、即座に店を閉めさせられてしまいます。それで、当初、わたしは父親の三右衛門が、今となっては跡取りの浩二郎を、助けたい一心ででっちあげた話だと思っていました。しかし、念のために、二十年以上も前、光太郎とおかなの母おなつを犯したという天狗について調べてみたのです」

「嘘《うそ》ではなかったはずです」

「その天狗は、日本橋や京橋などで、夜によく見かけられていて、天狗の面を被った大男だとわかりました。調べ書には、〝天狗の面を被った大男を見たとの話、日本橋、京橋、神田橋、両国界隈であり。縁日、祭りによく見かけるも、この限りになし。面白しとの噂《うわさ》しきりなれど、別にこれといった禍《わざわい》聞くことなし〟とありました」

「禍はあったのですよ」

「けれども、この天狗はもう生きていません。三年ほどして、辻斬《つじぎ》りに遭《あ》い骸で見つかったからです。調べ書に以下のようにありました。〝天狗の面をつけた大男、無残に斬《き》られし姿で見つかる。仔細《しさい》あるゆえ記すことなし〟と。調べ書に〝仔細あるゆえ〟とあるのは、たいていは、大身《たいしん》の旗本など、身分のある方々の悪行を表沙汰《おもてざた》にしない配慮です。ともあれ、生きていない天狗に一連の殺しはできません。やはり、下手人はあの二人で、中西屋の主の話はでっちあげと見なすしかないというのが、奉行所での多数意見でしたが、わたしは、今一度、あなたに確かめたくなったのです。もしや、別の下手人の夢を見られているのではないかと——」

「手掛かりはこれです」

姫は懐から夕顔が彫られた簪を取りだした。

「下手人はこれを髪に挿《さ》していて、光太郎さん、おかなさんと親しい人です」

——光太郎さんとおかなさんが亡くなる前、どうしてこんな目に遭うのかと、驚いた様子だったのはそのせいだったのね——

「光太郎さんは料理屋の庭で襲われたのでしたね。だとすると、下手人はその料理屋に出入りしている人です。五平さんに訊いてください」

番屋に呼び出された五平は、

「それだったら、三味線の師匠の歌丸《うたまる》さんをおいてほかにありません。三味線は若旦那の光太郎さんとおかなお嬢様が習っておいででした。歌丸さんは芸者を辞めてまだ日が浅く、誰が見ても、惚《ほ》れ惚《ぼ》れするような別嬪《べっぴん》ですから、お座敷に呼ばれることも多いはずです。光太郎さんも、密《ひそ》かに想いを寄せておられる様子でした。おそらく、男なら誰でも——。あんなに綺麗なのに嫌味のない人で、おかなお嬢様もとてもなついておられました。〝優しくて、いろいろ相談に乗ってくれて、お姉さんみたい〟なんておっしゃっていたぐらいで」

即座に答えた。

同心たちがかけつけると戸口に出てきた歌丸の両手の甲には、蓑助に付けられたと思われる引っかき傷が、醜く引きつれた傷痕《きずあと》になって残っていた。

歌丸のところには長く病みついている母親がいて、一刻（約二時間）ほど前に息を引き取ったところであった。

六

――これは何？――

姫に見えているのは人の骸ではなく、どろどろの黒くてねっとりした人形《ひとがた》であった。じっと見つめていると、やがてもぞもぞと蠢《うごめ》きはじめ、無数の蚯蚓《みみず》に似て非なる虫が次から次へと這《は》い出てきた。

〝ずっと人の身体に入り込んで血肉を食らう虫たちを、あの世からみみっちく操ってきた。が、しかし、この世の者たちの悪の強さが幸いして、貯えた力でわしだけの地獄の王国を造り出し、あの世の枷《かせ》から解き放たれたのだからもう、その必要はない〟

悪霊の高笑いがまた聞こえた。

――ああ、やっぱり、この方も取り憑かれていたのだわ――

虫の最後の一匹が這い出ると、人の姿に戻った母親の骸はすでに骨だけになっていたが、これも姫にだけしか見えない。

「母への報告はすませることができました。これで思い残すことは何もありません」

歌丸はほっとした顔で呟くと、

「どうかもう少しだけ、母と共に居させてください」

犯した悪行について、淡々と語りはじめた。

「直参旗本の家筋とはいえ、父は狂ったように女漁《あさ》りをする獣のような大男で、わたしは幼い時から母の悲しみと父への憎しみを見て育ちました」

姫の目には天狗の面の目鼻口から、鋭い歯のある大きな虫が、にょろにょろと出入りしている様子が見えた。

――悪霊が操る虫たちに取り憑かれていたお父上様だわ――

「父が亡くなると、遺品に、相手の名とどう楽しんだかを、卑しく書き連ねた恥ずかしい日記が見つかり、天狗の面の強姦魔《ごうかんま》とわかり、禄《ろく》は召し上げられました。この悲運も、暮らしのために芸者になった娘の身のふりかたも、〝源氏物語〟が好きな、誇り高い母には耐え難いことだったのだと思います。母の悲しみは憎しみに変わりました」

庭先で湯浴みをしている女が、長い髪を梳《くしけず》ると、一本一本が目のある真っ黒な虫に変わって伸びてしなり、茂った木の葉が枝や幹を隠すように、すっぽりとその姿を包み込んだ。

――お母上様まで――

「母は日々、父を憎み、父が関わった相手を憎む言葉を吐き続けました。母の父への憎しみはさらに募りました。父が関わった相手を末代まで呪《のろ》うと言いはじめたのです。それが正しい生き方だ、わたしも倣《なら》って、父の子孫を根絶やしにすると約束しろと――。わたしは母が好きでした。母と母の憎しみの世界しか知らなかったのです。いつしか憎しみも母の一部として好きになりました。それで、母がもう長くないとわかった時、母の思い通りに、約束を果たそうと心に決めたのです」

歌丸の三味線が見えた。みるみる形が崩れ、巨大な一匹の虫の姿になって、鳥の巣を狙《ねら》って猛然と木の幹《みき》を上っていく。途中、同じように巣に近づいていた蛇をもやすやすと呑《の》み込んでしまう——。

——そしてとうとう歌丸さんご自身が——

「干瓢を使ったのは、夕顔の君が〝源氏物語〟の中で、母の一番好きな女人《ひと》だったからです。そして、父の恥ずかしい日記に書いてある女たちを探しました。日記ですから日付から、父との子かどうか、おおよその見当はつきました。そして、遠くから姿形をながめて、はっきり、父との子だとわかる人たちだけをねらいました。天狗の面を好んだ父の鼻は、人並みより高く聳《そび》えていたのです。わたしが手にかけた人たちは、皆、これに近い鼻の持ち主でした。わたしも同じで、〝お姉さんみたい〟とおかなさんが言っていたのは、この鼻のせいもあるのです。でも、わたしはそんな風になついてくれたおかなさんも殺しました。見知らぬ相手を殺める時は、それほどでもありませんでしたが、光太郎さん、おかなさんの時はこたえました。たとえ、罪に問われずとも、もう生きてはいられないと——。わたしも母の許《もと》へ、地獄へ参ります。父にだけは会いたくありませんが、行く先が地獄では、また見《まみ》えてしまうでしょう」

そう言い終えると、歌丸は隠し持っていた懐剣で喉《のど》を突いた。

「しくじらずにできました。母上、これでよいのでしょう?」

今際《いまわ》の際《きわ》に、
歌丸はつぶやいた。

この経緯《いきさつ》を見ていたゆめ姫は、

――下手人の歌丸さんとお母上様は、たとえ悪霊の地獄に落ちても、もう、思い残すことがないかもしれない。でも、何もわからずに殺された罪なき人たち、おぶんさん、お花さん、蓑助さん、光太郎さん、おかなさんの彷徨える魂はどうなるのかしら? わらわに、〝やま〟〝そら〟などと伝えてきたあの無念のほどを、どう供養したらいいのでしょうか
――

暗然とした心持ちになった。

――せめても、今は――

姫は手を合わせ、長く静かに祈り続けた。


冬の間に強ばっていた身体をめざめさせる効能があるというフキノトウが食膳《しょくぜん》に上り、二月に入って最初の午《うま》の日である、初午の日が近づいた。

各地で初午には稲荷詣《いなりまい》りをして、山から里へ田の神様に下りてきてもらい、豊穣《ほうじょう》が祈られる。江戸市中では子どもの行く末を思って、親が手習いを始めさせる日でもあった。田畑の豊穣に読み書きの成長を託したものと思われる。

変わらず信二郎は目覚めない。

「ゆめ殿、お話があります」

ゆめ姫は亀乃に厨に呼ばれた。

「今日はいよいよ、池本家に伝えられてきた秘事にして神事を行いたいと思います」

亀乃はいつもと違い笑っていない。凛《りん》とした面持ちでいる。

「亥《い》の子餅《こもち》ならぬ午の子餅をこしらえなければなりません」

「亥の子餅なら存じておりますが――」

姫は当惑した。

神無月《かんなづき》の最初の亥の日は、玄猪《げんちょ》の祝いと言われ、多産である猪《いのしし》にちなんだ行事で、亥の子餅を亥の刻（午後十時頃）に食べ、無病息災、子孫繁栄が祈られる。

亥の子餅は大豆《だいず》、小豆《あずき》、大角豆《ささげ》、胡麻《ごま》、栗《くり》、柿《かき》、糖《あめ》の七種の粉を混ぜて作る餅で、宮中より将軍家に伝わった、有り難くも古式ゆかしき祝いの食べ物であった。

――身体によい、滋養のあるものなのでしょうけれど味の方は――

「池本家では伝統のある亥の子餅と蒸した餅米を粒餡《つぶあん》でくるむ牡丹餅《ぼたもち》の両方をつくっていますが、初午の日には宮中や将軍家に倣った、正真正銘の亥の子餅だけをつくって、午の刻（正午頃）に食べるのは、当家ならではの神様、御先祖様、仏様への祈りです。神様方がお力添えくださって、これ以上はないほど窮していて、暗雲に祟られているような事柄でも、この午の子餅のおかげで、みるみる好転して雲一つない青空のようになるとされてきたのです」

亀乃はせっせと七種の粉を混ぜ始めた。

――信二郎様のためなのだわ。でも、このような神事が功を奏したことなどあったのかしら？――

ゆめ姫が訊くのを躊躇《ためら》っていると、

「幼い信二郎がいなくなった時、わたくしはこれと同じ午の子餅を、嫁いで来て初めて作りました。馬は猪のように多産ではないけれど、生まれた子はよほどのことがない限り育つでしょう？　おかげで二十年近く経《た》ってしまったとはいえ、立派になった信二郎が見つかって、親子の名乗りを上げることができました。午の子餅は信二郎をきっと目覚めさせてくれるはずです」

亀乃は手を動かしつつ、涙を流しながら瞑想《めいそう》していた。

そして出来上がった午の子餅は涙の塩辛い味がした。

この夜、ゆめ姫は長く生々しい夢を見た。

夜のしじまを破って、かん、かん、かーんと半鐘が鳴った。

〝火事でございますね〟

亀乃は不安そうに呟いた。

〝半鐘の音が大きい。近いな〟

方忠が眉《まゆ》を寄せた。

〃まあ、そんな〃
亀乃は身を縮めた。
ゆめ姫は夢の中でまばたきをした。金剛寺《こんごうじ》と達筆で書かれた門札が見えたが、すぐに、迫ってきていた炎に呑まれて見えなくなった。
――金剛寺。わらわは、この近くを歩いたことがないからよくわからないけれど、きっと近くのお寺なのだわ――
半鐘が止《や》んで、しばらくしてから、のっそりと居間に入ってきたのは慶斉だった。
――どうして、この夢に慶斉様が？――
その頃には、すでに方忠と亀乃の姿はなく、ゆめ姫一人である。
〃うたた寝してしまいましたよ〃
そう言いながら、慶斉は菓子盆の午の子餅を食べた。
〃火事は見えませんでしたか？〃
〃火事？　いつのことです？〃
〃おや、まあ、暢気《のんき》な。今、さっきまで半鐘が鳴っていたのに、気づかなかったのですか〃
〃眠っていて気づきませんでした。ほう、火事だったんですか〃
この時、慶斉は食い入るようにゆめ姫を見つめた。しかし、その目は冷たかった。冷たいというよりも、何かを確かめたがっているように感じられた。臆《おく》せずに、姫も慶斉をじっと見つめ返した。

――慶斉様は嘘をついておられる。火事を知らなかったわけではないし、うたた寝をされていたのでもない。なぜなら――

慶斉の目に燃え盛る炎が見えた。

――炎が赤い蛇のようだわ――

ゆめ姫は不吉な予感に戦《おのの》いた。

七

夢は続いている。

歴代将軍の何人かが眠る菩提寺《ぼだいじ》の裏門の前で、男が大八車から重そうな壺《つぼ》を一つ、二つと降ろしていた。顔は見えない。降ろし終わったところで、持ち上げ、横に傾ける。壺からはどろりとしたものが流れ出た。土が光って見える。

――もしや、これは油では――

男は油を裏門にも、ぶちまけるようにたっぷりとかけた。この後、大八車から提灯《ちょうちん》を降ろして手にした。そして、裏門を見渡せるところまで退くと、手にしていた提灯を、油で光っている裏門めがけて投げつけた。

火は門の中ほどから上がった。その火は塀を這《は》い業火となって、みるみる寺の中へと広がっていく。赤いあやかしが獲物を追いかけてでもいるかのように、めらめらと焼き尽くしていく。

さらに、男は、袖《そで》の中から、何やら取りだしては、〝法王、法王〟と呟きながら、次々に火の中へと投げ続けた。男の投げ続けているものは小さな白い紙で、火の中でくるりと反転すると、座禅を組む無数の僧の姿になった。

場面は変わって山崎が座敷に座っている。

〝お近くの金剛寺が一昨日焼けたのは、ご存じですね。このところ寺の付け火が続いています〟

山崎は話をはじめた。

〝そのようですね〟

姫は知らずと眉を寄せた。

〝実は燃えた金剛寺の近くの木の茂《しげ》みに、こんなものが落ちていました〟

山崎は懐《ふところ》から二つに折り畳んだ懐紙を取りだして、姫の前で開いた。

――これは――

座禅を組む人の形をした白い紙で、昨夜の夢に出てきたものと同じだった。間近で見ると胸の辺りに十字架が描かれている。付け火をした男は、これらを数知れず炎にめがけて放り込んでいた。

〝これはクルスです。これぞ、キリシタンであることの証です。禅僧に座禅を組むふりをさせて胸に小さく証を描き、禁教を崇《あが》めているのです〟

山崎は気むずかしい顔で続けた。

〝幕府は、神の前では人は皆、生まれながらに平等なのだと言って、貧しい者の心を言葉巧みに惑わす、キリスト教を禁教とお定めになりました。キリシタンは許されざる者たちです。金剛寺に付け火したのが、このキリシタンだとすると、これは断固、厳しく取り締まらねばなりません。お上に弓引く行いです。そこで、急遽《きゅうきょ》、われら南町奉行所が、この付け火の咎人探しを仰せつかることになったのです〟

〝もちろん、キリシタンたちのほとんどは宗旨替えさせられています。今は廃止されていますが、当時の宗門奉行の調べ書によれば、この江戸では、大猷院《だいゆういん》（三代将軍家光《いえみつ》）様ご在位（一六二三～一六五一）中、元和《げんな》（一六一五～一六二四）、慶安《けいあん》（一六四八～一六五二）年間に、改宗しない者たちが多数処刑されています。これをキリシタンたちは、〝江戸の大殉教〟と呼んでいたそうです。しかし、そこまでしても、根絶やしにはできなかったのです。国中に散ったキリシタンたちは、西国《さいこく》、蝦夷《えぞ》、奥州《おうしゅう》などの、お上の目の届きにくい山《やま》間《あい》に潜み、今も邪教を信じていて、自分たちを弾圧し続けてきたお上を、積年に渡って恨んできているのです、そうに決まっています。隙《すき》あらば、お上の転覆を願っても不思議はありません〟

〝それで寺の付け火をしているというのですね〟

〝仏教はお上が定めた宗旨で、キリシタンの天敵ですからね〟

〝大猷院様以降も苛《か》酷《こく》な処刑は続いたのですか〟

〝各地で処刑が続いたのは、せいぜい開府から百年弱の間のことです。以来、あれほどのものは起きていません。ぽつりぽつりと捕まるだけです。それも信仰に厚いのではなくて、クルスを身に着けていたのを、見咎《みとが》められたとかで――。この手のキリシタンは先祖がキリシタンだったというだけのこともあります。先祖がマリア像を拝んでいたので、自分たちも拝む。ただ、それだけのことだったりします。なので、勧めるとすぐに改宗に応じます。山間などに住み着いたキリシタンたちは、米が作れずに芋などで飢えを凌《しの》ぐ日々で、生活が苦しく、何代か経た後には、クルスの意味さえわからぬ者も出てきているようだと、宗門奉行の調べ書には記されていました〟

〝つまり、今や、真の信仰を貫くキリシタンはとても少ないというわけですね〟

〝ええ、まあ、そういうことになりますね〟

〝とすると、キリシタンが謀反《むほん》を起こそうとしているというのは、大袈裟《おおげさ》なのではないでしょうか？　どなたかがキリシタンのふりをしているのかもしれません〟

ゆめ姫がまばたきすると、十字を胸に刻んだ座禅の僧たちが炎の中で舞っているのが見えた。

〝それはあり得ませんね〟

山崎はきっぱりと言い切った。

〝寺社方は町方のようには探索に力を入れませんから、寺を焼くのが目的ならば、キリシタンのふりなどせぬ方が安全です。やはり、キリシタンが誤って証を落として行ったと考えるべきですよ〟

〝そうなのですね〟

　相づちは打ったものの得心はしていない。

〝このところ起きている付け火がそれを物語っています。先月、天台宗の東総本山の祠《ほこら》の一つで小火《ぼや》があり、今月に入って、浄土真宗の末寺が全焼しています。キリシタンのふりをした、金儲け目当ての付け火なら、再建に金のかかる、天台宗の寺をぬかりなく焼くはずです。窮している真宗の末寺を焼いたところで、檀家が困るだけのことですから。しかし、お上に恨みのあるキリシタンなら、寺と見れば宗派、貧富を問わずに焼こうとするでしょう〟

〝天台宗のお寺や浄土真宗の末寺の近くにも、キリシタンの証は落ちていたのですね〟

〝言うまでもなく――〟

　――わらわがクルスを胸に抱く座禅僧の人形を見たのは徳川家の菩提寺の一つだった。とすると、近々、あの寺もいずれ焼かれることになるのだろうか――

　付け火をキリシタンの仕業で、動機を徳川家への恨みと考えると、たしかに辻褄《つじつま》は合っている。

〝ただ不思議なのは、これによく似た付け火が十年前に起きていることなのです。その前は三十年前でした。さらにその前は五十年、七十年前、九十年前――もっと昔から続いています。明暦《めいれき》年間（一六五五～一六五八）に起きた時は、咎人はキリシタンの一人と断定され、火あぶりになっています。その前からも、江戸開府以来、ほぼ二十年ごとに、キリシタンの仕業と思われる付け火が起きているのです〟

〝なるほど〟

〝そのあたりのことが、わたしにはどうしてなのか、よくわからないのです〟

山崎がゆめ姫に訊きたかったのは、このことのようであった。

〝その折も、座禅僧のクルスが見つかっているのですね〟

〝もちろん。調べ書によれば、火を付けられた寺の近くで見つかったと記されています〟

〝今もキリシタンの仕業としているのは、明暦の頃に処刑があったゆえですね。その前後、付け火があってあのクルスが見つかった時、キリシタンは捕まっているのですか？〟

〝ええ。クルスを隠し持っていた町人や浪人、無宿者、江戸払いを申し渡されたものの江戸に舞い戻って来た者たちが、キリシタンと見なされて死罪になっています。調べ書には、座禅僧のクルスがキリシタンであることの動かぬ証と書かれていました〟

——相手は生きているキリシタンではなく、今まで、徳川が葬ってきたキリシタンたちが、闘いを挑んできているとも考えられる。あり得ないことではない——

ゆめ姫は深い疲れを夢の中で感じた。

八

また場面が変わった。

池本家の庭である。

ぐるりと庭を一周してみた。信二郎と一緒に根元に座った銀杏《いちょう》の木の幹には、慶斉の顔が浮かんでおきみが佇《たたず》んでいた――なつかしくないものは何一つなかった。

しかし、気がつくと姫は駕籠の中にいた。昼前には駕籠で菩提寺の一つに向かった。

寺に着くと待っていたのは、幼い頃から行き来して馴染みがある、慶斉の守《も》り役安田《やすだ》源《げん》八郎《ぱちろう》であった。

黒くふっさりしていた髷《まげ》が細く萎《しぼ》んで、太かった眉は雪が降り積もったかのように白い。

〝姫様、息災なご様子、何よりでございます〟

〝ここに居るとは何事です？〟

ゆめ姫は訊いた。

〝慶斉様のことにございます〟

〝慶斉様がどうかしましたか？〟

〝これは極秘中の極秘でございますよ、実はこのところ、慶斉様はこのようなものを描いておられました〟

源八郎が懐から懐紙を取り出し、広げた。

〝よくごらんください〟

懐紙の上の米を見て、姫は息を呑んだ。米粒一つ一つに墨で十字が描かれていた。

〝キリシタンの証ですね。でも、まさか――〟

次に源八郎は左袖から白い人形の紙を出して広げた。それは、山崎が見せてくれたものと同じく胸のあたりにクルスが描かれた座禅僧の人形だった。

〝これも慶斉様が鋏で切り抜いていたものです〟

〝慶斉様は何とおっしゃっているのですか〟

〝そんな物を描いたり、切り抜いたりした覚えはないとおっしゃるばかりです〟

〝ならば、慶斉様の言い分が真実でしょう〟

〝始まりは御膳所《おぜんしょ》から生米が三日に一合、夜のうちに消えてなくなることだったのです。そのうち、御膳所の近くの廊下を歩いている、慶斉様の後ろ姿をお見掛けしたという者が出てきました。これは断じて、聞き捨てなりません〟

〝何かの間違いでは――〟

ゆめ姫はそう思いたかった。

〝見た者は一人ではないのです。その上、日を追うごとにその数は増えました〟

源八郎はこほんと咳払《せきばら》いをして、先を続けた。

〝聞いたそれがしは、意を決して、三日ほど前、夜通し起きていて、部屋におられる慶斉様を見張りました。すると、慶斉様は御膳所へ向かい、米びつから生米一合を計って、袂に入れると、部屋へ戻られました。わたしもすぐに続いて部屋へと入りました。御膳所から部屋まで生米を運んだ事実を申し上げたのです。袂の中の生米を畳にあけていただきましたが、慶斉様は知らぬ存ぜぬの一点張りでした。そうこうしているうちに、生米などいったい何に使うつもりだったのかと気になって、今までに運んだ生米の在処《ありか》を探したところ、幾つもの文箱《ふばこ》の中から、これが。キリシタンの証が出てきたのです〃

源八郎は証の生米をじっと見つめた。

〃それでも、これだけで慶斉様をキリシタンだったなどと、決めつけたわけではないのです。文箱の中にこんなものさえなければ――〃

源八郎は胸に十字が描かれている白い紙の座禅僧を睨《にら》んだ。

〃これが出てきてしまっては、もう、知らぬ存ぜぬではすまされません。この先、いったいどうしたらいいのか――。その時、ゆめ姫様のことが頭に浮かんだのは、慶斉様の許嫁《いいなずけ》であるからだけではなく、真実を映した夢を見て、彷徨える霊たちを救う力があるという噂を耳にしたからです。お願いします、慶斉様に取り憑《つ》いているに違いない、キリシタンの霊を早く成仏させてください、この通りです〃

源八郎は深く頭を垂れた。

場面が変わった。

姫は暗がりの中にぽつんと立たされていた。

〃慶斉様はどこにおいでなのです？　心配です、慶斉様に会わせてください〃

〃安田、どこです？〃

源八郎からの応えはない。

突然、明るくなって、ゆめ姫は廊下にいるのだとわかった。

部屋の襖《ふすま》が開いて、慶斉がそっと部屋を出て行く。姫は後を尾行《つけ》た。

慶斉はふらふらと歩いて御膳所の前を通りすぎた。今宵は米びつには用がないようである。菜種油がしまわれている棚の前で立ち止まると、戸を開けて中へ手を伸ばした。

慶斉は菜種油の入った壺を抱えていた。

――徳川の菩提寺の裏門に居た者が抱えていた油壺と同じ――。あの者が慶斉様だったなんて――

ゆめ姫は凍りつく思いだった。

――よりによって、将軍になられるかもしれないお方が、歴代の御先祖様が眠る恐れ多い菩提寺に火を放とうとしていた？――

慶斉はそのまま滑るように歩いて、源八郎の部屋の前まで来た。

〝用意はできた〟

日頃の慶斉のものとは思えない、抑揚のない声で促すと、するすると襖が開いて、源八郎ではなく信二郎が顔を出した。

――どうして安田が信二郎様に‼――

これもとても信じられない。

〝ご苦労〟

そう言った信二郎の顔は目こそ開いてはいたが、ぴくりとも表情が動かず、能面が話をしているように見える。

――二人とも取り憑かれているのだわ、油断はできない――

そして、また、場面が変わった。

二人が夢で見た寺の裏門につけられた大八車を背にして立っている。大八車には油壺が乗せられていた。

慶斉が油壺を抱え信二郎が火打ち石を手にして、裏門を潜り抜けていく。

〝待って、待ちなさい〟

ゆめ姫は大声を上げたが二人の耳には届かない。

二人は大猷院が開基し、法要が営まれ、霊牌《れいはい》が合祀《ごうし》されている厳有院《げんゆういん》（徳川家綱《いえつな》）の廟《びょう》の前まで来た。慶斉は両袖を振って、十字が書かれた夥《おびただ》しい米粒と、白い紙で出来たクルスをつけた座禅僧の人形を叩きつけるように撒《ま》き散らした。

目が吊《つ》り上がって異様にぎらぎらと輝いている。

そして、菜種油の壺を横抱きにして中身を廟の門に振り撒こうとした。

〝慶斉様〟

ゆめ姫は飛びかかって、その手から油壺を奪おうとしたが、

〝何をする〟

怒鳴られ突き飛ばされて転んだ。

背中と腰に激痛が走って立ち上がれない。

油壺から厳有院の廟の門にぶちまけられた菜種油が匂った。

火打ち石は松明《たいまつ》に変わって信二郎が手にしている。

〝信二郎様、止めて〟

姫は叫び、信二郎は目を閉じたまま、

〝心は身体、身体も心。心は幻、身体も幻、これ最強の奥義なり〟

呪文《じゆもん》のように唱え続けた。

その間も大きく息を吐きながら、もう一方の手を添えて松明を押さえ込もうとしている。

――信二郎様の正気が悪霊と闘っている証だわ――

〝松明にはキリシタンたちの怨霊《おんりよう》が宿っている。キリシタンの霊たちに迫害の張本人である大猷院様への復讐《ふくしゆう》を誓わせて操るのは、いとも簡単だった。自分たちが磔《はりつけ》にされて焼かれたように、ここを焼き尽くそうとしているのだ〟

悪霊那須原隆仙の声がした。

明るさが増したのは慶斉の手にも松明が握られたからであった。

松明がじりじりと持ち上げられて、とうとう慶斉の右肩の頭上に構えられた。ぶるぶると松明を持つ手が震えている。

――よかった、慶斉様にも正気は残っていた――

立ち上がれないゆめ姫は慶斉と信二郎の間に居て、二人を左右に見ていた。信二郎はまだ呟きを止めない。

〝心は身体、身体も心。心は幻、身体も幻、これ最強の奥義なり〟

〝もっと面白い趣向がある〟

悪霊が高く笑った。気づくとゆめ姫は弓と矢を持たされていた。

〝あの二人の松明めがけて矢を放ち、命中させて前ではなく、後ろに射落とすことができればキリシタンどもの怨霊に勝てるぞ。ただし、瞬時でなければ、もう一方に力が集まって、松明は油まみれの門に投じられ、ここは火焔《かえん》に包まれるだけではなく、あの二人も動けないそなたも焔《ほのお》に呑まれて滅びる。わしが仕掛けている以上、心は残らない、身体も心も全《すべ》ては幻だからだ〟

二人の持つ松明は、今にもすべてを焼き尽くそうと暴れ続けている。焔が大きく揺れるたびに、信二郎の両手に火傷《やけど》が広がり、慶斉の髷を焼いた。

九

ゆめ姫は弓の腕に覚えがあったものの、二つの的を瞬時に射ることはできそうになかった。

――猶予はないわ――

――ああ、でも――

悪霊隆仙が呟いた言葉を思い出した。

〝――わしが仕掛けている以上、心は残らない、身体も心も全ては幻だからだ〟

それと今も信二郎が呪文のように唱えている言葉が重なった。

〝心は身体、身体も心。心は幻、身体も幻、これ最強の奥義なり〟

──まだ、松明を振りかざさずにいる信二郎様はこれに力を得ているのだ──

ゆめ姫も倣って、

〝心は身体、身体も心。心は幻、身体も幻、これ最強の奥義なり〟

これを呟きながら立て続いて左右に二本の矢を放った。

二人が手にしていた松明は、一瞬、後ろに落ちたかのように見えたが、跳ねて前へと回り、蛇のように地を這って門へと近づいてくる。

二人はその松明を追った。

〝焼かれてしまう、お止めなさい〟

そう叫んだゆめ姫はすでに焔に取り囲まれてしまっている。

〝心は身体、身体も心。心は幻、身体も幻、これ最強の奥義なり〟

他になす術《すべ》もなくこの言葉を繰り返した。

焔は弱まる気配こそないが、まだ、めらめらと燃えさかって襲いかかってはこない。

慶斉も信二郎や姫に倣って言葉を繰り返す。三人の言葉の唱和でやや焔は弱まったかのように見えた。

──ああ、でも──

いずれ疲れて言葉を繰り返すことができなくなる時がくる。

〝手ぬるいぞ〟

辺りを震撼《しんかん》させるような大声と共に、うおーっと風が野獣のように唸って、真っ黒な雲がどろりとした巨大な生きものに変わり、悪霊隆仙が姿を現した。

思わず三人は戦いて言葉を止めた。

〝食ってやる〟

隆仙の身体は三つに分かれて、慶斉、信二郎、そしてゆめ姫に向かって魔の手を伸ばした。

三人が呑み込まれようとした、まさにその時であった。

大きな白い紙の座禅僧の人形が空から降ってきて、隆仙の魔の手の前に立ちはだかった。

それは、もはや、紙ではなく、隆仙を見下ろす大きさの生きた仏像のようであり、

〝何とあなたは――〟

姫が驚愕《きょうがく》したのは、隆仙の創った地獄に落ちた、善と悪との間で懊悩《おうのう》していたあの明如だったからである。

〝ゆめ様――〟

そばには一緒に地獄へ引き込まれた妹おてるの霊が付き添っている。

うおーっとまた風が吠えて、隆仙は両手を合わせて瞑想している明如に立ち向かってきた。

一瞬、明如の姿がけし粒ほどになり、隆仙が山のように肥大する。触手が八本に分かれて大蛸《おおだこ》の姿になった。

〝先ほどのあのお言葉を――〟

〝お願いします〟

明如とおてるに促されるままに、三人はあの言葉を懸命に繰り返した。

〝心は身体、身体も心。心は幻、身体も幻、これ最強の奥義なり〟

すると見たことのある顔が大蛸となった隆仙の周りをぐるりと取り囲んだ。

若い男女が五人、夕顔にちなんで干瓢が使われた、一連の殺しの犠牲者たちであった。

おぶん、お花、蓑助、光太郎、おかな――皆、青ざめてはいるが、口元を引き締め、強い意志をくっきりと表情に刻んでいる。

三人の言葉に合わせて、

〝まだ痛い〟

〝酷い〟

〝ここは暗い〟

〝明るい場所へ行きたい〟

〝どうして、あたしが――〟

五人がそれぞれ恨み言を繰り返すと、あろうことか、そびえていた大蛸がじりじりと縮み始めた。縮むたびに、うぇーうぇーと隆仙は悲鳴を上げ続ける。

並みの大きさになったところで、五人のうち、最初に殺されたおぶんが近づいて蛸の足を一本もぎとった。

お花、蓑助、光太郎、おかなと続き、最後は明如の妹おてるが、

〝あたしと歌丸さん、そのお母さんの分も〟

容赦なく三本まとめて引き抜いた。

頭だけになった蛸の隆仙はやがて両目を閉じるとぐずぐずに崩れて無くなった。

〝お力添えありがとうございました〟

姫が礼を口にすると、

〝奥義の言葉がよかったのです。あれがなかったら、今でもわたしたち兄妹は、隆仙の地獄でのたうち回るしかなかったかもしれません。これでやっと兄ちゃんも一緒に成仏できます〟

おてるが耳元で囁いた。

こうしてやっとゆめ姫の長い長い夢が終わった。

信二郎が目を覚ましたのは翌日の朝のことであった。なぜか右手に握っていた干瓢の切れ端を、ぽろりと畳に落として、信二郎はぱっちりと目を開いた。

両手には火傷の痕があり、駆け付けた尚庵は首をかしげつつも、

「秋月様はこれほど長く死線を彷徨い、見事、越えられたのです。医術では計れぬ様子があってもおかしくないでしょう」

何度も目をしばたたかせた。

総一郎とともに、その場に居合わせたゆめ姫は、すぐに厨《くりや》にいる亀乃に知らせに走った。

「まあ」

亀乃は喜びと驚きの混じった目を瞠《みは》り、

「姫」

「叔母上様」

二人はひしと抱き合った。

「やはり水飴と午の子餅の御利益だわ」

「水飴も？」

「眠っていた間の砂糖湯は、水飴を湯で伸ばしていたのです。信二郎はそれの方が沢山飲んでくれたので――」

――すっかり忘れていたわ――

姫は麦芽作りを放《ほう》り出していたことをやっと思い出した。

「藤尾殿が質のいい麦芽を、わざわざ農家まで足を運んで、分けて頂いてきてくれたのですよ。今さっき、麦芽を入れて、半日置いたお粥を絞ったところです。あとは煮詰めて飴にするだけです」

「そういえばよい香りがいたします」

――いつもありがとう、藤尾――

心の中で礼を言うと通じるものがあったのか、厨に入ってきた藤尾は、

「神様っていらっしゃるものなんですね」

神棚に手折ってきたばかりの花のついた梅の枝を供えると、

「姫様、いえゆめ様、ようございましたね」

「藤尾」

ふたりはひしと抱き合った。

「母上」

厨の外で総一郎の声が聞こえた。

「信二郎が水飴はまだかと言っています。あいつは食いしん坊でやたら鼻がきくのですよ。煮詰めるまで、まだまだなら、自分が鍋《なべ》をかき混ぜるなどとも言いだして、病み上がりだというのに、起きだそうとするのですから、たまったものではありません」

総一郎は弟に甘えられるのがうれしくてならない様子であった。

──こういうことにでもならなければ、信二郎様は、御家族の皆様とここまで打ち解けなかったかも──

「わたくしがいたします」

姫は颯爽《さっそう》と襷《たすき》をかけると、鍋をかき混ぜる木篦《きべら》を握った。

信二郎は長く眠る原因になった、悪霊隆仙とのことや、操られていた時のことは一切覚えていなかった。もちろん、ゆめ姫や慶斉が加わっての死闘の経緯についても──。

その信二郎は順調に恢復《かいふく》していくと、亀乃に旬の白魚飯をねだった。

白魚飯は米に酒を加えて炊《た》き、炊きあがってすぐに、酒、醤油《しょうゆ》、味醂《みりん》、生姜《しょうが》汁で薄味をつけた白魚を並べ、慎重に混ぜて供する。

甘味と苦味がほどよく、亀乃とゆめ姫はまた一つ、信二郎の好物を知った。

「そういえば——」

好物を心ゆくまで味わった信二郎が、

「養家の秋月家の宗旨が禅宗だったせいか、養父からよく聞かされていたからなのか、眠っている間、禅僧の話を聞いていました。身体はそのまま心であり、心は身体である。骸を見ても、身体は滅んだが心は霊魂となって、不滅だと見なすことはできない。霊魂を認めると生と死に関する深い執着が発生するため、仏道修行の成就を阻害するゆえ、身体も心も等しく虚しく幻とするのだという御高説でした。もし悟った禅僧が心身は一如であり、身体も心も共に不滅であるというならば、これほど奥の深い説法はなかろうと結ばれていました。何とこの禅僧というのは、意外にもあの弓削《ゆげの》道鏡なのだそうです」

と語った。

これを聞いたゆめ姫は、

——〝心は身体、身体も心。心は幻、身体も幻、これ最強の奥義なり〟というのは、隆仙をこの世に放った先祖の道鏡がめざした境地だったのね。ところが、亡くなって霊だけになっていた隆仙では、到底これはめざせず、弱味になっていたのだわ。それゆえ、まだ亡くなって日が浅く、善なる心を持ち合わせていた明如様が、この奥義を極め、干瓢を使って殺された五人と明如様の妹御のおてるちゃんに力を借りて斃すことができたのね——

しみじみと得心した。

浦路から文が届き、慶斉の守り役安田源八郎が長患いの末亡くなり、慶斉の方は髪の毛が抜けるほどの重篤な熱病に罹《かか》ったものの、九死に一生を得たと報《しら》せてきた。

——あの安田源八郎もまさに命がけで、慶斉様を守ろうとしたのだわ——

夢に出てきた源八郎の面影や必死の様子を思い出して、ゆめ姫はそっと手を合わせた。

第四話　ゆめ姫が大奥で生き女雛を選ぶ？

一

少しずつ寒さが和らいでゆめ姫が待ちわびていた春が訪れてきている。

うららかな陽《ひ》の光は美しくも優しい女神にも似て、たくさんの命を温かく育んでいく。

すっかり恢復《かいふく》した信二郎は日々、履《は》き慣れた二足の草鞋《わらじ》である、南町奉行所与力と戯作《げさく》者《しゃ》等の仕事に精を出している。

死に近い眠りから生還した信二郎は、池本家の家族たちとの距離が縮まったように姫には感じられる。

亀乃の手料理の相伴にとやってくる回数こそ前と変わらなかったが、池本家と信二郎双方にあった、ぎくしゃくした遠慮めいたものが氷解したかのようだった。

信二郎は方忠に乞《こ》われて、世間知らずの若旦那《わかだんな》が腐った豆腐を珍味だと騙《だま》されて食する〝酢豆腐〟等の噺《はなし》を披露《ひろう》して笑わせるようにもなり、その分、身内ではない姫はやや距離が広がるのを感じた。

姫は酷《ひど》い熱病に罹《かか》ったという慶斉に、亀乃から教えられた、意外に手間がかかる草餅《くさもち》をつくって届けることにした。

草餅は蓬餅《よもぎもち》とも言い、まずはアクのほとんどない春先のヨモギの新芽を摘《つ》み、塩ひとつまみを入れた湯に入れ、さっと茹《ゆ》でてすぐに冷水に取ってさらす。

これを固く水を絞って、よく切れる包丁でトントンとたたいて出来るだけ細かく刻み、さらに当たり鉢で、少量ずつ何回かに分けて丁寧にすり潰《つぶ》しておく。

上新粉（うるち米の粉）と白玉粉（もち米の粉）を混ぜ合わせ、熱湯を少しずつ加えながらよく煉《ね》り合わせる。煉り合わせた米の粉をひと握りくらいにちぎって、中まで熱が通りやすいように平たくする。

蒸籠《せいろう》に濡《ぬ》れ布巾《ぶきん》を敷き、生地を並べて芯《しん》が残らないように蒸し上げて餅にする。

次に、こね鉢に火傷《やけど》しない程度に冷ました餅と、すり潰したヨモギを加えてよく煉り合わせる。

ヨモギが全体にむらなく回ってきれいな緑色になったら出来上がり。取り分けて丸める。

出来たては黄粉《きなこ》や小豆餡《あずきあん》を付けて食べるのだが、重箱に詰めて届けるとあって、ゆめ姫はさらに手をかけて、漉《こ》し餡を中に入れて包んだ。

粒の形を多少残る程度に小豆を煮て、皮を除かずに甘味をつけたのが粒餡であるが、粒を完全に潰して皮をとり除き、甘味をつけると漉し餡となる。

周囲の深慮とやらのせいだろう、一橋家からは何も言って来なかったが、夢治療処《ゆめちりようどころ》の裏

手にある銀杏《いちょう》の木に近づくと、青々と伸びている枝の新芽が、

〝わたしが漉し餡の草餅が好きだと覚えていてくれてありがとう〟

〝とても美味《おい》しかった〟

〝また食したい〟

慶斉の声で囁《ささや》いた。

〝喜んでいただけてうれしいです〟

ゆめ姫はふっと、離れかけていた自分たちの魂が寄り添ったような気がした。

――わらわたち、仲良く遊んだ幼馴染《おさななじ》みですもの、お汁粉《しるこ》も慶斉様はぜんざいよりも、漉したものの方がお好きだった――

子どもだった頃《ころ》の慶斉の無邪気な顔を思い出していた。

一方、信二郎と共に悪霊那須原隆仙に取り憑《つ》かれて、死闘を繰り広げた時の苦悶《くもん》に満ちた表情も脳裡《のうり》に焼き付いている。こちらの方は早く忘れたいと日々念じている。

――ずっとこの春が続けばいいのに――

そして、春はゆるゆると過ぎていって、いよいよ、どんな節句よりも華やかな上巳《じょうし》の節《せっ》供《く》(三月三日)へと近づきつつあった。

梅の花見が終わると、江戸市中は雛《ひな》市が立って、上巳の節供の話題で騒がしくなる。日本橋十軒店《じっけんだな》や浅草茅町《かやちょう》、尾張町《おわりちょう》などに、雛人形や、その調度品を売る仮店が並ぶのである。

「姫様、姫様」

忙《せわ》しない様子で藤尾が部屋に入ってきた。

「どうしました？」

姫は部屋から庭を見ていた。もっとも、目を凝らしているのは、からたちの生《い》け垣《がき》の近くの池である。

「姫様、また何か？」

不安な顔になった藤尾は、姫がからたちの生け垣を見ているものと早合点した。からたちの生け垣に人の霊が立つことが多いのだと、姫から聞いていたからである。

――大権現様から賜《たまわ》ったお役目とはいえ、姫様と話をする霊の中には、悪い心根の者がいないとも限らない。用心しなければ――

信二郎が悪い霊に取り憑かれたことを知っている藤尾は、霊の怖《こわ》さが身に染みている。それゆえ姫が霊と関《かか》わるたびに、肝《きも》を冷やし、生きた心地がしないのであった。

「いいえ、何も――」

「でも、お庭をじっとご覧になっていました」

「わらわだって、いつも霊とばかり話をしているわけではありません」

「それでは何を？」

「池を見ていたのです。春になると池の中の生き物たちが活き活きしてくるでしょう？それが面白くて見ていたのです」

「おたまじゃくしや鯉《こい》は、霊となって池の中を泳ぐことなど、ないのでございましょうね」

念を押した藤尾に、

「しかとはわかりませんが、わらわはまだ話しかけられたことはありません」

「それはよかったです」

今のところ、姫が如何《いか》なる霊とも関わっていないと知って、藤尾の顔はぱっと明るくなった。

「ところで、藤尾、何用ですか？」

「上巳の節供が近づいております」

「そうですね」

「上巳の節供の支度をしなければ」

「上巳の節供の支度といえば、あられや菱餅《ひしもち》を用意することでしょう？　そうそう、それから桃の花を飾らなければ。桃の花は菜の花と合わせた方が綺麗《きれい》ですね」

姫は微笑《ほほえ》んだ。

「それも必要ですけれど、まずは、雛人形や、長持、御所車などの調度品をもとめなければなりません。ここには揃《そろ》えられていないのです。大奥の浦路様にお願いして、姫様の物をお運びいただこうかとも考えましたが、どれも葵《あおい》の御紋入りでございますから、ここにはふさわしくありません。そこで、浦路様に文でご相談いたしましたところ、〝上巳の節供は女子《おなご》である姫様の大事ごとであるゆえ、お役目にて逗留《とうりゅう》しているそこの家にても祝うべきと思う。ついては、姫様のお好みの雛道具をもとめてはどうか〟というお返事でした」

「藤尾、それはわらわたちで、雛市へ出向いてもよいということですね」

姫は今にも飛び上がらんばかりに顔を輝かせた。

――案内本によれば、江戸市中に立つ市の中で、何日も通い詰める人が尽きないのが、雛市だと書かれていたわ。きっと、どの雛の顔もそれぞれ趣《おもむき》があって、どれにしようかと迷うだけではなく、見ていて飽きないにちがいないわ――

「今の時季は、名だたる人形店よりも、雛市の方がよい品があるのではないかと、また文を差し上げたところ、〝ならば、よきにはからうように〟とのことでした。このところ、浦路様もご寛容でいらっしゃいます」

――姫様だって、時にはお役目を離れて、楽しい思いをなされてもいいはず――

藤尾は姫の明るい笑顔がうれしかった。

「市の近くには人気の茶屋や甘酒屋もございますよ」

雛市には明日出向くと決めて、姫が夕餉《ゆうげ》を終え、部屋に引き取ってしばらくすると、

「姫様、姫様」

襖《ふすま》の向こうの藤尾の声は緊張してくぐもっている。

「何ごとですか」

「大変でございます。只今《ただいま》、浦路様が大奥からお忍びでおいでになりました」

「浦路が？」

「客間で姫様をお待ちです」

「用件は？」

「わたくしなどにお話しなさるはずもございません」

「わかりました」

姫は鏡台で着物の衿《えり》を直すと、浦路の待つ客間へと出向いた。

――何の前触れもなく、浦路が訪れるとは、よほど急を要することなのでしょう――

霊と関わって、今まで大奥ではさまざまな事件が起きている。一度などは、子を亡くした側室が、浦路の命を奪いかけたことさえあった。

「姫様、こんな夜分にお訪ねいたしまして、申し訳ございません」

畳に手をついた浦路の様子に一分の隙《すき》もない。

「そなたが足を運ぶとはよほど急なことでしょうね」

「急というよりも、危ぶまれることにございます」

二

「話してごらんなさい」

「ここではちょっと――」

浦路は躊躇《ちゅうちょ》して、

「姫様、ここは何もお訊《たず》ねにならず、明日にでも、大奥へお戻りいただくわけにはまいりませんか」

「わらわが大権現様のお導きで、お役目のためにここにいると、わかっていて申している
のですね」

「はい」

「お役目をさしおいても大事なことだと申すのなら、せめて、その証《あかし》をお見せなさい」

「わかりました」

浦路は、

「これにございます」

懐《ふところ》から、御台所《みだいどころ》三津姫からの書状を取り出した。それには、

大奥一大事につき、至急、お戻りいただきたく、浦路に申しつけました

三津

ゆめ姫様

と書かれていた。

「御義母上《おははうえ》様のお申し付けでは逆らえません。明日、戻ることにいたします」

姫は納得して、

「ありがとうございます」

浦路は頭《こうべ》を深々と垂れて、帰って行った。

この話を聞いた藤尾は、

「そうでございましたか。それではわたくしも――」

早速、戻る支度を調え始めて、

「いったい、大奥にどんなことが起きているのでございましょう?」

時折、その手を止めてため息をついた。

「楽しみになさっていた姫様に、雛市をご覧いただけないほど、大変なことなのでしょうか――」

「そうでなければ、御台《みだい》様が浦路にお申し付けにならないでしょう」

「やはり、また、霊が――」

憂鬱《ゆううつ》そうな藤尾に、

「取り越し苦労はおよしなさい。戻ればいずれわかることです」

姫は優しく諭《さと》した。

翌日、信二郎が亀乃から言付かってきたと、おしら様が入った箱を届けてきた。

「母上が、これをゆめ殿が気に入っているようだったからと――」

おしら様とは奥州に伝わる人形であった。池本家のおしら様は、方忠が親しくしていた奥州の大名家の江戸家老が、なつかしい郷里に伝わる珍しい人形だと言って持参してきた手土産《てみやげ》であった。

おしら様は家々で手作りされるもので、顔の表情はへのへのもへじに近かったり、のっぺらぼうだったり、馬の顔をしていることもあり、どれもたいして凝られたものではない。ただし、着物だけは毎年、端布《はぎれ》を重ねて着せなければならないのは、おしら様には先祖の霊が宿っていて、子孫に幸福と繁栄をもたらすと言われていたからである。

「有り難いことです」

姫は亀乃の深い思いやりに目頭が熱くなった。

——そうだ、これを大奥へ持って行きましょう——

信二郎には縁戚《えんせき》で急な病人が出たため、見舞いと看病に出向くと伝え、二人は迎えの駕籠《かご》で西の丸へ戻った。

姫と藤尾は、すぐに髪を結い直し、着物を改めて、御台所のいる部屋へと向かった。部屋に入ったゆめ姫は三津姫の下座に座った。

「ゆめ姫、よく戻ってきてくれました」

三津姫は笑顔を向けたが、何かよほどの悩み事があるのだろう、翳《かげ》りは隠せなかった。

「急用と伺《うかが》っております」

「そうなのです」

三津姫は浦路が入ってくると、目配せして人払いをさせた。

「実はこんなものが——」

三津姫は懐から、まず、二枚の紙を出してゆめ姫に見せた。

それには、

お雪《ゆき》の方様　卒塔婆《そとば》へお発《た》ち

お梅《うめ》の方様　春立ちてお命なく

と書かれていた。

お雪の方とお梅の方は、姫と年齢《とし》の近い、父将軍の新しい側室たちであった。

「これは人を脅す文ですね」

「この文がお雪の方、お梅の方各々に届いたのです」

「見たところ、筆癖は違いますが、書いたのはどちらも女子と思われる細い字です。それに紙はどちらも大奥で使われているものと思われます」

姫は仔細《しさい》に二通の文を見比べた。

「そして、昨夜、わたくしがゆめ姫様のところから戻りますと、こんなものが――」

浦路がもう一通の文を懐から取り出し、

「ひいては上様に背く、あまりに酷い中身ゆえ、御台様のお目が穢《けが》れると思い、まだお見せいたしておりませんでした」

姫に渡した。

「これは――」

ゆめ姫は絶句した。

そこには、

お美央《みお》の方様　命もろとも中条《ちゆうじよう》、中条

と殴り書きされていたのである。

「たしかにこれは酷いわ」

中条とは、中条流のことで、市中では子堕《こお》ろし専門の医術であった。

「どんなことが書かれていたのか？　構わぬ、申せ」

三津姫の剣幕に押され、姫が恐る恐る内容を話すと、

「お美央の方は今、上様の御子を身籠《みご》もっておいでです。この文はその御子を母親ともども、葬ろうという意味なのですね」

三津姫は眉《まゆ》を上げ、

「まさに上様、いや、この徳川の家に弓引くものです」

声を震わせた。

「それに何より許せないのは、この文の紙も前のもの同様、大奥で使われているものだということです」

姫も目に怒りを宿している。

「いったい誰が」

ほとんど同時に三人が同じ言葉を口にした。

「これで、わらわをお戻しになった理由《わけ》がわかりました。一刻も早く、こんな酷い脅しをする者を探し出すようにとの仰《おお》せなのですね」

姫は三津姫の顔を正面から見つめた。

「そなたが頼りです」

三津姫は浅く頭を垂れ、

「脅しだけではすまぬかもしれぬのです」

やや声を潜めると、

「三日前、お雪の方様の飼い猫が、紐《ひも》で首を括《くく》られているのが見つかりました。その翌日、今度はお梅の方様の元気だった鶯《うぐいす》が籠《かご》の中で死んでいたのです。それから、これもまだ御台様には申し上げておりませんでしたが、本日の朝、お美央の方様のお庭の池の鯉が白い腹を見せて浮き上がっていました」

浦路が話の後を引き継いだ。

「まあ、可哀想《かわいそう》なことを」

姫は知らずと青ざめていた。

「厄介なことに、今年の上巳の節供は、お花畠《はなばたけ》の東屋《あずまや》で催されることになっているのです」

三津姫はこめかみを指で押さえた。

江戸城のお花畠は、花好きだった大権現家康《いえやす》が花作りの名手を、駿府《すんぷ》から呼び寄せて造らせたものである。

築山《つきやま》や池、石組みばかりの庭園と異なり、四季折々、美しいとされる花々が咲き続けていた。薩摩《さつま》藩から献上された、仏桑花《ぶっそうげ》や茉莉花《まつりか》などは、襖や油障子《あぶらしょうじ》で保温されつつ、絶やされずにある。

「お花の咲き乱れているお花畠での上巳の節供は、目に美しく、さぞかし心地よいものでしょう」

姫には三津姫が憂鬱そうな顔をする理由がわからない。

「東屋を雛壇に見立てるのだそうです」

浦路が説明を始めた。

「それはよい考えですね。花畠の中なら、さぞや、雛人形が映えることでしょうし」

「東屋の雛壇には人形が飾られるのではなく、人が座るのでございます。人形の代わりに男雛の上様と、女雛に選ばれた方のお二方が――」

「女雛は選ばずとも、御義母上様がおいでではありませんか」

「ゆめ姫、わらわに気を遣ってくれなくてよいのですよ」

三津姫はふっと寂しげに笑い、

「わらわが横に座るのは当たり前で、それでは少しも面白くないと上様は仰せでした。今年は大奥をあげて女雛選びをしよう、このところ、うるさく出費を控えるように申し付けてきたが、時には女たちにも贅沢《ぜいたく》や楽しみが必要だと、言葉巧みに説得されてしまったのです」

――全く困った父上だわ――

ゆめ姫は呆《あき》れかえった。

「お若い御側室の皆様方は、さぞや張り切っておいででしょう」

――父上が女雛に選ぶのは若い方と決まっているもの――

「わらわは、これまで催しをしたことのないお花畠で、もしものことがあったらと案じているのです。女雛に選ばれるのは、脅しの文が届いたとはいえ、身重のお美央の方を除く、お雪の方か、もしくはお梅の方、どちらかなのですから」

「お花畠は見通しのきかぬ所でございますし」

三津姫の不安げな言葉に浦路が言い添えた。

「脅しの文を出した者は、女雛に選ばれるであろうお二人を妬《ねた》んでいるのかもしれませんね」

姫の言葉に、

「そうでないことを願うばかりです」

三津姫はまた、こめかみに指を当てた。

三

――父上は何という罪作りなことをなさるのかしら――

姫は憤懣《ふんまん》やる方なかった。

「何とか、女雛選びを止めることはできないものでしょうか」

「上巳の節供まであと幾日もありません。側室たちだけではなく、他の者たちも、目の色を変えて準備している様子です。女たちは皆、美しく着飾るのが好きですから、この日は皆、精一杯装うようにと、上様からのお達しですので、ここで止めさせてしまっては、一挙に大奥の活気が冷えて、わたくし一人が恨まれるのはかまいませんが、後々、禍根《かこん》を残すことになるでしょう」

浦路の言葉に頷いて、三津姫は、

「それに何より、上様が一度こうとお決めになった催しは、どんなことがあっても変えてはならないのです。それがこの大奥の掟《おきて》なのです」

きっぱりと言い切った。

――大変な上巳の節供に巻き込まれてしまった――

姫はいささか気の疲れを感じつつ、藤尾とともに西の丸へと帰った。

脅しの文について、藤尾に話すと、

「なるほど、そうだったのでございますね」

藤尾はたいして驚いた様子もなく、

「実はお待ちしている間に、女雛選びについてのよもやま話を耳にいたしました」

昔から藤尾は地獄耳であった。

「お雪の方様、お梅の方様、お美央の方様、お三方についてでございます。この方々は、お三方がお三方とも、お実家《さと》は商家なのだそうでございます。商家と申しましても、皆様、相当の大店《おおだな》のお嬢様方です。ご器量を見込まれ、然《しか》るべき武家の養女となって、大奥へ上がり、上様のお目に留まったのだと聞きました。元は大店のお嬢様方なのですから、ひとたび、上様お声掛かりの女雛選びともなれば、お金に糸目をつけず、我こそ女雛にと、競い合うことができるわけなのです」

「お美央の方は身重なのでご辞退なさるはずです」

「ところが上様がそれはならぬと仰せだったとか――」

「まあ、どうして？」

「これは大奥をあげての行事だからだと」

「それではお美央の方も女雛を目ざされるのですね」

――お労《いたわ》しいことだわ。あんな文が届けられていることだし、さぞかし、疲れておいででしょうに――

「お美央の方様の部屋の者によれば、お方様は、〝当初は悪阻《つわり》がひどく、気が進まなかったが、今は身体《からだ》も落ち着き、身重の身ゆえ、かえって、このような華やかな気晴らしができてうれしい〟とおっしゃっておいでだとか――」

「それはよかったわ」

姫はひとまず、ほっと胸を撫《な》で下ろした。

「明日、女雛選びに先がけて、御衣装《おいしょう》のお披露目《ひろめ》があるそうです。大広間に衣桁《いこう》を並べ、着物や帯を掛けて見せるのだということです。ここで自分の着る物を見せた御側室たちの中から、何人かが上様に選ばれ、女雛選びの日、その着物に合わせて、髪を結い、化粧をして、女雛の座を競うのだと聞きました。御台様は御衣装のお披露目をされず、女雛選びにお加わりにならないそうです」

――雛人形の美しさは顔だけでなく、着ている雅《みやび》な御衣装にもあるのだろうけれど、これではまるで、贅《ぜい》を凝らした衣装を競い合わせるようなもの。いくら上巳の節供が女子の楽しみだからと言っても、度が過ぎているわ――

そこへ、

「浦路様がおいでにございます」

西の丸付きの女中が伝えにきた。

――何かしら？　さっき、会ったばかりだというのに――

「それではわたくしは」

藤尾が下がった後に部屋に入ってきた浦路は、

「あの耳ざとい藤尾のことです。姫様、明日、大広間で、女雛が着る御衣装がお披露目されることは、お聞き及びのことでございましょう？」

「今聞いたところです」

姫は頷《うなず》いたが苦い顔であった。

「お父上様のこととて、あしざまには申せませんが、よい趣向とは思えません」

「わたくしは御台様のお言葉を伝えにまいりました。姫様が西の丸へお帰りになった後、急に思いつかれて――」

「一刻も早く、脅しの文を書いたり、罪のない猫や鳥たちを可哀想な目にあわせた者を捜し出す、そのお役目の他に何か？」

「御台様は、明日の御衣装お披露目の折、ゆめ姫様も御衣装をお披露目いただきたいとおっしゃっておられます」

「わらわが？」

姫は耳を疑った。

「わらわは姫で側室ではないのですよ」

姫には三津姫の意図がわからない。

「父上は咲いたばかりの花のような側室のどなたかと、雛壇に見立てた東屋でお並びになりたいはずです」

「御台様はゆめ姫様に、是非、女雛に選ばれていただきたいと仰せです。姫様が匹田《ひった》絞《しぼ》りの打ち掛けをお披露目されれば、必ずや、あの上様もお気持ちをお変えになると、おっしゃっておられるのです。たしかに、あのお着物ほど、上様のお心に留まる物は他にないかと――」

菊の花の匹田絞りの打ち掛けは、ゆめ姫の亡き生母《はは》、お菊《きく》の方の形見である。お菊の方を深く愛した父将軍が、二人で一緒に絵柄を考え、誂《あつら》えさせた逸品であった。

「御台様は、いたずらに御側室方たちが競い合うのは、あのような文を書き、嫌がらせの殺生をした者の邪《よこしま》な心を駆り立てるばかりで、よろしくないとお考えなのです。その点、上様の男雛の隣に座られるのが姫様ならば、誰にとっても、女雛選びは微笑ましい行事に変わることだろうとおっしゃいました」

――たしかに、もっともなお考えだけれど――

姫は気が進まなかった。

――大事な生母《はは》上《うえ》のお形見を、父上の寵《ちょう》を争う、どろどろした想《おも》いの渦中に投げ込みたくない――

「浦路、こればかりは、いくら御義母上様のお頼みでもお受けしかねます。生母上様を穢すような気がしてなりません。申し訳ありませんと御義母上様に伝えてください」

「わかりました」

浦路は強いなかった。

「わたくしもお菊の方様近くにお仕えした身。お菊の方様がどれほど、清々《すがすが》しく尊いご気性の女人であられたか、よく存じております。町方の出であられても、武家の出の方々以上にわきまえのある、ご立派なお方でございました。それが近頃の町方出の御側室方ときたら――」

中傷めいた言葉を洩《も》らしかけて、はっと気がつき、

「ご立派だったお菊の方様を思い出したせいでしょう。つい、愚痴が出て――恥ずかしい限りです」

浦路は西の丸を出て、本丸大奥へ戻って行った。

浦路を見送った藤尾が、

「いったい、何のお話でした？」

興味津々で部屋に入ってきて、襖を閉めた。

浦路が三津姫から言付かってきた話を伝えると、

「それは御台様ならではのご英断で、文や猫のことだけではないのかもしれません」

「というと？」

「御側室お三方の生まれついたお実家が、このところ、大奥で力を伸ばしているのだそうです」

「お出入りを許されているのね。以前には考えられなかったことだわ」

――生母上など側室におなりになって以来、実家の人形店光月《こうげつ》の両親《ふたおや》の顔を見ることもなく、お亡くなりになったというのに――

「お雪の方様は廻船《かいせん》問屋がお実家ですから、各地の珍しい物を、砂糖問屋のお梅の方様は、日々、皆様の召し上がるお菓子を作るための砂糖を、米問屋のお美央の方様も同様に、暮らしには欠かせないお米を、この大奥に献上なさっていると聞きました」

「大奥の御膳所《おぜんしょ》は大助かりでしょうけれど、助けていただいてばかりというわけではないのでしょう？」

「それというのは――」

藤尾は用心深く、廊下の気配を窺《うかが》ってから、

「お三方のお実家では、戦国武将の京極高次《きょうごくたかつぐ》様にならって、蛍《ほたる》大名をねらっておいでなのだという話です」

声を低めた。

蛍大名とは、かつて京極高次が妹を豊臣秀吉《とよとみひでよし》の側室にし、淀《よど》殿の妹を正室に迎えたことで出世したと陰口をたたかれ、つけられた渾名《あだな》である。

「そんな馬鹿なこと――」

「たしかに皆様、お実家は商家ではございますが、嫡男のいない武家へ、蛍大名ねらいの息子を、養子に行かせればすむことでございましょう。あるいは店は後継ぎに任せ、ご自分が武家の養子になって、蛍大名に列せられることだってできます。このご時世、お金さえあれば、たいていのことはやってのけられるのでございますよ。ただし、このような掟破りを許すのは、いかがなものかとは思います」

藤尾は眉を上げた。

四

「この徳川の家のためにも、断じて、許してはならぬことです。ところで、こんな不埒《ふらち》な企みに、父上様は気がついておられないのかしら？」

ゆめ姫は顔を顰《しか》めた。

「上様は美しい女人がお好きです。このお三方は、いずれがアヤメかカキツバタと皆、申しておりますような艶《あで》やかさゆえ、お実家の狸親父《たぬきおやじ》たちの魂胆までは見抜けないのではないかと、御台様や浦路様は案じておられます。御台様は、〝上様との寝所にての私語は慎むように〟との古くからの決まりを、しかと守るようにと厳命され、御側室方のおねだりを止めさせようともしたのだそうです。ただし、肝心の上様が、〝お雪やお梅、お美央が、大奥の膳所の加減をよくしてくれれば、それでよいではないか。わしはもう、老中たちから、大奥は金を使いすぎると言われ続けるのに疲れた〟とのおっしゃりようで――」

――父上は目先の楽しみだけを追っていて、広く、深く、物事をお考えにならなくなってしまっている。よくよく、お年を召されたのだわ――

翌日の昼過ぎ、御衣装お披露目が大奥の大広間で行われた。

「姫様、ご覧になりませんか」

藤尾は豪華絢爛《けんらん》な衣装が見たくてうずうずしている。

「あまり気が進まぬのです」

「御台様は上様とご一緒に、一番に御高覧になられたと聞いております」

「ということは――」

「こういうことには順序がございます。ゆめ姫様がご覧にならないと、他の者たちは拝見することが叶《かな》わないのです。皆、とても楽しみにしているのですから」

「それでは仕方がありませんね」

姫は大広間へと足を向けた。

「御側室方はここに、おいでにならないの？」

「今日のところは、御衣装だけの勝負でございますゆえ――」

大広間には三架の衣桁がぽつり、ぽつりと三ヶ所に置かれている。

「勝負はお梅の方様、お雪の方様、お美央の方様のうちのお一人とわかっておりますので、このお三方以外、御衣装をお出しになってはおられません」

藤尾が告げた。

姫はまず、廊下に近い衣桁の前に佇《たたず》んだ。

「ではこちらから、ご説明いたしましょう」

藤尾は何やら、書かれた紙を手にして横に控えている。

「呉服の間の者が書き記してきた、お三方の御衣装の説明書きです」

「綺麗な赤ですね」

「これはお梅の方様の御衣装にございます。緋綸子《ひりんず》に金糸、銀糸で上様のお好きな江戸市中の名所が縫い取られております」

――市中を流れる隅田川《すみだがわ》に、両国橋の花火の様子、東叡山寛永寺《とうえいざんかんえいじ》の不忍池《しのばずのいけ》、浅草の待乳山《まっちやま》、神田明神に山王権現《さんのうごんげん》、芝増上寺に愛宕《あたご》神社、高輪《たかなわ》大木戸と御殿山《ごてんやま》、富岡八幡《とみおかはちまん》と洲崎弁天《すざきべんてん》、飛鳥山《あすかやま》に王子稲荷《いなり》。寛永寺の他は、どこもまだ出向いたことのない、憧《あこが》れの場所だけれど、市中がお好きな父上もきっと同じ思いでしょうね――

「亀戸《かめいど》天神や梅屋敷もございます」

打ち掛けの後ろにまわった藤尾が教えてくれた。

「お梅の方様に梅屋敷、心憎いまでの心遣いでございますね」

「なるほど」

——感心などしていてはいけないのでしょうけれど、たしかに見事な御衣装だわ——

広間の中ほどにはお雪の方の衣装が披露されていた。

「お雪の方様は雪のようにお白いお肌がご自慢でおいでです。それゆえ、ご自身もお好きな草木の絵模様を、極上の白絹に染め抜いた御衣装であられます。ただし、よくよくご覧くださいませ。裾《すそ》模様のおめでたい南天の実は珊瑚《さんご》、茉莉花の花弁は真珠《しんじゅ》、蝶《ちょう》が羽を休めている青葉は翡翠《ひすい》にございます」

——華美でなく、さりげない着物のように見えて、これほど豪奢《ごうしゃ》だったとは——

姫は舌を巻いた。

——贅沢はたしかによくないことだけれど、この打ち掛けに凝らした作り手の技はたいしたものだわ——

最後は一番奥に置かれていた衣桁で、身籠もっているお美央の方のものであった。

「これは——」

お梅の方やお雪の方の衣装とは明らかに違っている。

地味であった。いや、地味すぎた。白無垢の小袖《こそで》に黒羽二重の打ち掛け。ただし、衣桁にだらりと掛けられている、金糸だけで織られた帯は、いわく言い難く、味わい深い輝きを見せている。

「関ヶ原以前の古渡りの帯だそうで、絵姿に残っている、大権現様の御生母伝通院《でんずういん》様の帯に似た趣のものを、お見立てになったとのことでした。お美央の方様は、もとより、女雛に選ばれるお気持ちはなく、この場はせめて、上様への御忠誠を示そうとなされたそうです」

「立派なお心がけだわ」

――その意味では、この御衣装が一番、父上の男雛と並ぶ女雛にふさわしいものかもしれない――

この後、ゆめ姫は早速、身重のお美央の方を部屋に見舞った。部屋には雛人形が飾られている。

「まあ、ゆめ姫様」

お美央の方は、あわてた様子で座をかわろうとした。丸顔の美女でおだやかな笑みを浮かべている。

「大事なお身体ゆえ、どうか、そのままでいらしてください」

「申しわけございません」

茶と菓子が運ばれてきた。上巳の節供にちなんだ落雁《らくがん》の桃であった。

「先ほど、御衣装を拝見いたしました。お気持ちそのままに、ごてごてせず、さっぱりしていてよいご趣味ですね」

「お恥ずかしい限りでございます」

「黒に白に金。わらわが日頃、憧れている江戸の色です。これを纏《まと》って、赤い紅をさせば何と粋《いき》なことか――」

「姫様は粋がお好きなのですね」

お美央の方は微笑んだ。

「ええ、とても」

ゆめ姫は首を縦にした。

夕刻近くなって、やっと、将軍は大広間に衣装についての触れを出した。

「お梅の方様、お雪の方様のお二人に決まりました」

藤尾は結果をすぐに姫に伝えた。

「もはや、お美央の方様が、選ばれないのは明々白々でしたから、後はお梅の方様とお雪の方様が、一歩も譲らず、闘うことにおなりですね。わたくしはお雪の方様がお勝ちになると思います。なぜなら、類《たぐ》い稀《まれ》な美しさだからでございます」

「お姿を拝見しに行ったのですね」

「ええ。お三方は、姫様がわたくしと夢治療処へ移ってから、大奥へ上がられた方々なので、まだ、お目もじしたことがございませんでした。お美央の方様には姫様とご一緒に先ほど、お目にかかることができましたし、お梅の方様にはお部屋の前のお廊下で。お雪の方様だけはどうしてもお目にかかる機会がないので、こっそりお部屋の前のお庭に潜んで、お姿を拝したのです。まあ、花で言うならば白い侘助《わびすけ》。可憐《かれん》な白いお顔は姫様に多少、似ておいでです。御側室になられると、皆様、お好きなものを召し上がるせいで、早く姿が老けるのが常なのですが、この方はそうではないようです。まだ、少女のような初々しさでしたから。このお方に比べると、お年は皆様同じだと伺っておりますが、お梅の方様は五歳、身籠もられているお美央の方様は十歳、お年が上に見えるのです。姿形では文句なく、お雪の方様が女雛でございましょうね。ただし、お雪の方様があまりに華奢《きゃしゃ》なので、果たして、あの宝玉を散りばめた御衣装をお召しになることができるのだろうかと、お梅の方様の部屋子たちは意地悪く推測しているようです。とにかく明日が見ものです」

「そのように面白おかしく申してはなりません」

姫の叱責《しっせき》に、

「わたくしといたしましたことが」

あわてて藤尾は、両手で自分の口を押さえた。

「愚かでございました」

この夜、姫は昼間見た豪華な衣装が目に浮かんで、しばらく寝つけずにいた。

――眠れない、眠れない、広縁にでも出てみようかしら？――

夢治療処の縁側を目に浮かべたとたん、眠りに落ち、夢の中にいた。

五

〝まあ、叔母上様《おばうえ》、いらしていただけたのですね〟

亀乃の丸い後ろ姿が見えた。

池本の屋敷で上巳の節供を迎えた際、作るのを手伝った赤、白、緑の雛あられが菓子盆に盛られている。

〝雛あられ、お届けいただいたのですね〟

姫は一つ摘《つま》んで口に入れた。

〝どうして？〟

甘さが感じられず、粉っぽい、奇妙な味がした。

〝いかがですか？　お味は？〟

〝叔母上様にしては力のないお声だわ。どうかなさったのですか？〟

〝わたくし、日頃の食べ過ぎを恥じているのです。食べ過ぎて醜く老けた自分を〟

〝叔母上様は素敵です。なのに、どうして、そのようなことをおっしゃるのです。叔母上様らしくもなく――〟

〝もう一度、訊《き》きます。あられの味は満足でしたか？〟

〝それが――〟

〝妙な味だったでしょう〟

〝ええ〟

〝そのはずです、和三盆《わさんぼん》の代わりに白粉《おしろい》を入れたのですもの〟

亀乃が立ち上がった。いや、立ち上がるとすでに亀乃ではなかった。少女のようにすらりとした、小柄な後ろ姿が、姫を振り返ると、

〝わたくし、鶴《つる》になりたいと思っております〟

黒曜石《こくようせき》のような目をきらきらと光らせた。

――生母上様？――

一瞬、面差しが亡きお菊の方に似て見えた。父将軍が自分と並んで絵師に描かせたお菊の方と同じ、姫の夢に現れた生母もまた黒目がちの美女である。

――違う、絵姿の生母上はもっと上背がおありになる――

〝鶴になりたいと考えて、毎日、生きているのでございます。鶴ほど美しいものはございませんから〟

そう言って、鶴になりたいと願う美女の姿は消え、姫は目を覚ました。

「姫様」

部屋の外から藤尾の声が聞こえてきた。

「目が覚めたところです」

返事をすると、

「浦路様からのお使いの方が今。至急、本丸大奥へおいでいただきたいとのことです」

藤尾の声は緊張している。

「わかりました」

姫は急いで身仕舞いを済ませると、藤尾を従えて、大奥の長局へと向かった。

「待っておりました」

迎えた浦路の顔は蒼白《そうはく》であった。

「何が起きたのですか？」

「わたくしについておいでになってください」

浦路は長い廊下を歩き始めた。

「ここでございます」

立ち止まったのはお雪の方の部屋の前であった。

「お雪の方様が、ここでお亡くなりになっておいでです」

浦路はかろうじて声の震えを抑えていた。

「それでは、お目にかからせていただきましょう」

姫は動じなかった。

――もしかして、先ほどの夢は――

「騒ぎが広がらぬよう、お亡くなりになっているのを見つけた者に、きつく口止めして、この部屋は人払いをいたしました。どうぞ」

浦路が先に入って、ゆめ姫が続いた。

「わたくしはここで」

霊も骸《むくろ》も怖い藤尾は廊下で待とうとしたが、

「何を言うのです、そなたは姫様にお仕えしている者であろう」

浦路に叱責され、

「わかりました」

身をすくめるようにして姫につき従った。

お雪の方は純白の羽二重の夜着の下で息絶えていた。細く小さな身体の上に、白く端整な顔が載っている。大きな人形が寝ているように見えないこともなかった。

──やはり、先ほどのお方だわ。この方がお雪の方──

「御台様にお知らせしたところ、まずは姫様に何故《なぜ》亡くなったのか、判じていただきたいとのことでした」

浦路の言葉に頷《うなず》きながら、姫は仔細にお雪の方の骸を見つめた。首に絞められた痕《あと》はなく、白い長襦袢《ながじゅばん》に血の染みも見当たらない。

「お見うけしたところ、お苦しみになったご様子はありません。ただし、不審な点がありますす」

そう言って、ゆめ姫はお雪の方の枕元《まくらもと》に落ちている、女雛を手にした。女雛には首がなかった。

「あっ、それは」

藤尾が小さく叫んだ。

「なんじゃ、何か知っておるのか」

「お梅の方様の女雛ではないかと——。遠目でしたから、しかと拝見したわけではありませんがおそらく——」

「真実《まこと》か？　どうしてお梅の方様の女雛がお雪の方様のお部屋に？」

青ざめた浦路の問いに、藤尾は首をかしげるばかりだった。

姫は広縁へ出た。お雪の方の部屋の前の庭には菜の花が咲いていた。

「二人分の足跡が続いています。深夜、ここに忍び入った者の仕業でしょう。おや——」

姫は藤尾に草履《ぞうり》を持ってこさせると、庭に下りた。

「こんなところに——」

梅模様の匂《にお》い袋が足跡の近くに落ちていた。

「これに心当たりはありませんか？」

訊かれた浦路は、

「お梅の方様のものではないかと」

さらに顔色を青ざめさせた。

ゆめ姫はここまでのことを早速、三津姫に報告した。

「お雪の方は自然に亡くなったのではないと？」

「まだ、理由《わけ》がわからず、そうかもしれないというだけです」

「お雪の方の枕元に落ちていた女雛は、お梅の方の部屋に飾られていたもので、匂い袋も、お梅の方のものに間違いないとなると、どうやって殺《あや》めたのかは定かではないが、罪を犯したのはお梅の方ではないのか？」

「けれども、それでは二人分の足跡の説明がつきません」

「ともかく、すぐにお梅の方を詮議《せんぎ》するように。浦路をここへ」

命じた三津姫は、

「今日はその衣装が選ばれた者たちが、豪華な衣装を纏って上様にお目見えする女雛選びの日でしたが、このようなことが起きてしまった以上、日延べしていただくよう、上様に申し上げるつもりです。大広間の衣装は片付けておしまいなさい」

強い口調で指図した。

姫はお梅の方を訪ねることにした。

「姫様は上様のお血筋です。何もわざわざ、疑いのかかっている者のところへ出向かずとも、浦路様にお願いして、詮議のための小部屋を用意していただけばよろしいものを」

藤尾は、不満を口にし、

「お雪の方様のことは隠しきれるものではなく、もう大奥中の者が知っております。以前、お梅の方様が、お雪の方様に笹紅《ささべに》の一揃いを贈られたそうにございます。お雪の方様の部屋の者が、まずはとこれを試してみたところ、急に息が荒くなって苦しみ出したのですが、すぐに紅と墨を拭《ふ》き取ったので大事には至りませんでした。この時、〝とかく、側室同士の嫉み合いは見苦しいもの、いたずらに騒ぎ立てると、かえって、お叱りを受けることになります〟とお雪の方様はおっしゃり、浦路様にも申し上げなかったという話を小耳に挟みました」

さらに不安を訴えた。

笹紅の一揃いとは墨汁と紅である。笹紅とは墨を塗りつけた下唇に紅を重ねて、玉虫色に光らせる口元の化粧法であった。

「笹紅の一揃いに毒が仕込まれていたのだとしたら、お梅の方様の部屋の者には、毒薬の知識に長《た》けた者がいるに違いありません。姫様が的を射た詮議をすれば、形勢不利と見て、どんな手を使ってくるかわかりません」

「わらわを、案じてくれるのはうれしいのですけれど」

姫はまじまじと藤尾を見つめて、

「わらわはまだ罪人と決まってもいない方を、罪人扱いするのは気が進まないのです」

きっぱりと言い切った。

この後、お梅の方の部屋を訪れると、

「お方様はお雪の方様のことを耳にされたとたん、崩れ落ちるようにお倒れになって、只今、臥《ふ》せっておいでです。ご用向きは女雛のことでございましょうか」

ふいねと名乗る若い部屋子が震える声で迎えた。

「もちろん、それもあります」

「お待ちください。今、お伝えしてまいります」

　こうして、ゆめ姫はお梅の方と向かい合った。

　このような時でなければ、身体も目鼻立ちも大きい、艶やかなお梅の方は、成熟した大人の魅力の持ち主であったろう。たしかにお雪の方とは対照的であった。

六

「このたびのお雪の方様急逝について、ゆめ姫様がご詮議なさると伺い、今か今かと、お呼び出しを待っておりました。こうして、おいでいただくとは恐縮至極に存じます」

　蒼白のお梅の方は深く頭を垂れた。

「女雛のことをお話しください」

「失《な》くなっていると気がついたのは、今朝のことでございました」

「なぜ、それまで気がつかなかったのです」

　すると、お梅の方は、

「ふね、あれをここに」

「はい」

　おふねは白絹に包んだ小さな包みを広げて、女雛を取り出すと、それを雛段の男雛に添わせた。その女雛には首があった。一瞬、姫は女雛がずっとここにあったかのような錯覚に陥った。

「ああして、雛壇に古今雛が乗っていたのですが、女雛選びのこともあって、わたくしも部屋の者たちも、すり替わっていることに気づかずにいたのです」

「こうして落ち着いてよく見ると、たしかにこの女雛は江戸雛ですね」

姫は瓜実顔《うりざねがお》のすっきりした古今雛、江戸雛の顔を見つめた。お雪の方の枕元に落ちていたのは、ふっくらと愛らしい丸顔の京雛、次郎左衛門雛《じろうざえもんびな》であったし、隣の男雛は童顔で、もとより、瓜実顔の女雛とは似合いではない。

──これだけ、顔が違っていれば、いずれ気がついたことでしょうから、すり替えられたのはそう前のことではないわ──

「ここ何日かで、ここへおいでになった方は？」

「お雪の方様とお美央の方様がおいでになりました。御台様の命で女雛選びは遊びにすぎないと割り切って、側室同士、仲良くするようにとのことでしたので、互いに飾り付けた雛を拝見しに行き来していたのです。わたくしも楽しく、お雪の方様、お美央の方様の雛を見せていただきました」

「お二人はご一緒でしたか？」

「いいえ、別々においででした」

「どちらが後でしたか？」

「お美央の方様です。お美央の方様が雛をご覧になったのは、一昨日《おととい》。御衣装のお披露目を前にして皆、忙しくしておりました」

お梅の方はふっと疲れた表情を見せた。

「その時以来、雛を見ていないのでは？」

「そういわれてみれば――」

お梅の方とおふねは目で頷き合った。

――まさか、お美央の方が？

「庭の匂い袋についてお話をお訊きいたします」

しかし、まだ、お梅の方への疑いが消えたわけではなかった。

「あれはわたくしのものに間違いございません」

「ということは、あなたはお雪の方の部屋へ行かれたのですね」

「はい」

お梅の方はうなだれた。

「お方様ではございません」

「ふね、この場に及んで、わたくしを庇《かば》わずともよいのです」

「いいえ、断じてお方様ではございません。出向いたのはわたくしにございます。匂い袋はお方様がわたくしにくださったもの――。わたくしは優勢だと噂《うわさ》されているお雪の方様に、女雛になるのをご辞退下さいますようお願いにまいったのです。幾ら、お実家が豊かでも、着物に宝玉をあしらう贅は、身の程をわきまえない振る舞いでございます。金糸、銀糸に止めておいた、わが主《あるじ》の謙虚さこそ、女雛にふさわしいと思われましたので――」

ふねは臆《おく》さずに主張した。

「足跡は二人分残っていました。このままお二人が庇い合っていると、足跡はお二人のものので、二人で結んで、お雪の方様を死に至らしめたということになってしまいます。どうか、庇い合うのはお止《や》めください」

ゆめ姫の言葉に、

「わかりましたね、ふね。もう、口を出してはなりませぬ」

お梅の方はおふねを諭《さと》した。

「夜更けて、お雪の方様のところへまいったのはわたくしでございます。忍んでまいったのは、明るいうちでは双方、部屋の者たちがおり、難儀するからです。わたくしはお雪の方様と心を割ってお話がしたいと思っていたのです」

「あなたの話とは、女雛選びを辞退なさることだったのでは？」

「よくおわかりでございますね」

お梅の方は目を瞠《みは》った。

「先ほどからご様子を拝見していて、あなたは人と争うことに疲れておいでなのだとわかりました」

「衣装道楽の極みは宝玉遣いに行き着くものですので、金糸、銀糸に勝る珊瑚、真珠、翡翠をちりばめたお雪の方様が優勢でした。また、贅沢この上ない御衣装でありながら、清《せい》楚《そ》な草木の絵柄はお雪の方様をさぞかし、美しく引き立てることでしょう。女雛はお雪の方様と決まったようなものでした。ですから、わたくしは上様の命ゆえ、辞退することはできぬものの、女雛となるであろうお雪の方様を心から讃えたいと、申し上げたくてまいったのです。また、女雛選びの当日、わたくしの部屋の者たちが、口惜《くや》しさの余り、お雪の方様に対して、目に余る振る舞いをしないよう、きつく申し置くからと――」

――側室同士の嫉《そね》み合いとは当人たちではなく、仕える部屋の者たちの間で起きることなのね――

「お雪の方様とあなたはお心が通じ合っていたのですね」

「時折、部屋の者たちが寝静まった後、行き来をしていました。見かけは少女のようでも、お雪の方様は、しっかりしたお方で、わたくしはどれほど励まされたかしれません。そんなお方があのようなお姿になられて――」

「亡くなっているお雪の方をごらんになったのですね」

「すぐに浦路様にお伝えするべきでしたが、事情が事情だけにどうしても――」

お梅の方は目を伏せた。

最後にゆめ姫は、

「笹紅の話の真相はどのようなものだったのでしょうか？」

「お雪の方様から後でお聞きした話では、笹紅をつけてみた者は、以前から墨を磨《す》るだけでも息が苦しくなったそうです。墨が身体に合わなかっただけのことかと――」

「よくわかりました」

姫が帰ろうとすると、

「こんなものが広縁の下に」

おふねが赤い組紐《くみひも》を手にしていた。

「お方様のものではございません」

「預からせてください」

お梅の方の部屋を出た姫はお美央の方のところへと足を向けた。

「また、いらしていただけたのですね」

お美央の方は変わらず、穏やかに微笑んだ。

「お雪の方のことはご存じですね」

「先ほど耳にいたしました。部屋の者がわたくしの身体を気遣って、伝えるのを憚《はばか》っていたのですが、様子がおかしいので問い質《ただ》したのです」

「お雪の方とお梅の方はお親しかったようです。あなたとお二人は？」

「わたくしは仲良くさせていただいていると思っていましたが、このような身体になってしまったので、正直、溝が出来たと感じていました」

大奥の側室たちの使命は上様の御子、特に男児を出産し、子孫を残して、徳川家の繁栄に寄与することである。

「お二人に先んじて出世したと、口さがないことを申す者もおりました。あのような文さえ届いて――」

──堕胎を仄めかす酷い文だった──

「それで、正直、皆様とは出来得る限り、離れていようと思ったのです。ここ大奥は廊下ですれちがっただけで、あれこれ、あることないことを言われるところ、それが辛くて──」

「とはいえ、皆様と雛を見せ合うことはなさったのですね」

「あれは仲良くするようにとの、御台様の命でございますゆえ。今にして思えば、わたくしがもう少し早く、お二人のことに気づいていればこのようなことには──」

「親しかったお二人に何が起きたと？」

「親しすぎると、共に感情が露《あら》わになりやすいものです。それでお梅の方様はあのようなことを──」

「お雪の方の枕元に落ちていたのは、お梅の方の雛壇の女雛でした」

「恐ろしいことです」

「ですが、お梅の方様の雛壇の女雛は、京雛から江戸雛に、すり替えられていたことがわかりました」

「まあ」

お美央の方は丸い目を瞠った。

「誰かがすり替えて、お雪の方のご遺体のそばに置いたのです」

「まあ」

お美央の方は眉を寄せた。

「その誰かとは」

「まだわかりませんが、雛をすり替える機会のあった者であることだけは確かです。もしかして、これを手にしていた者かもしれません」

姫はおふねから預かっていた赤い組紐を見せた。

すると、

「ただ、ただ、恐ろしい――申しわけございません、気分が悪くなってまいりました。失礼してよろしいでしょうか」

お美央の方は震えだし、部屋の者に支えられて、寝所へ入ってしまった。

七

「姫様、少しお休みください。御台様が昼餉の膳《ぜん》をご用意くださいました」

部屋を出て、廊下を歩き始めたゆめ姫を浦路が待っていた。

「どうです？　お雪の方の亡くなった理由はわかりましたか？」

膳につくやいなや、三津姫が切り出した。

「お雪の方が殺されたかどうかはまだわかりませんが、殺そうとした者がいたこと、また、その者は罪をお梅の方に着せようとしていたことも事実です」

「その者というのは、いったい誰なのです？」

三津姫は眉を吊《っ》り上げた。

「そなたには、もう、見当がついているのであろう？」

「はい」

「申してみよ」

「お雪の方様が亡くなり、その罪でお梅の方様が処罰された後、父上の寵愛を一心に受けたいと願っているお方です」

「上様が好まれる若い側室は、お雪の方、お梅の方、それにお美央の方の三人——。そなたはあのお美央の方が、仕組んだことだというのですね」

姫は黙って頷いた。

「しかし、あの者は二人より先に身籠もった出世頭なのですよ。二人がお美央の方を嫉むようなことはあっても、逆はあり得ないように思います。確固たる証はあるのですか？」

姫は女雛にまつわる話をして、広縁の下に放り込まれていた赤い組紐に言及した。

「赤い組紐など、幾らでも大奥にあるではないか。それだけで、お美央の方を疑うのは行きすぎではないのか？」

「その通りです。ですから、証は必ず見つけます。それまでしばらくお待ちください」

ひとまず西の丸に戻ろうと、姫が辞そうとすると、

「大変でございます」

三津姫の部屋子の一人が、けたたましい声を上げて部屋に入ってきた。

「何事です」

「お一人でお城の庭に出て、石段を歩いておられたお美央の方様が、足を踏み外しておしまいになったそうで――」

「それで加減はどうなのです？」

「すぐにお助けして、お部屋にお連れし、お休みになっていただいています」

「産科の奥医師は呼んだのでしょうね」

「もちろん、すぐに法眼渋谷宗悦《しぶたにそうえつ》先生のところへ使いを遣《や》りました。ところが、先生は昨日から田村下総守《たむらしもうさのかみ》御正室様のお産で、田村家屋敷に泊まり込んでおいでとのことなのです」

「こちらは上様の御子の生死がかかっているのですよ」

三津姫は厳しい声を出した。

「ですから、すぐに戻って、こちらへ来るよう、家の者に伝えましてございます」

「ならばよい。だが、その間にお美央の方のお腹《なか》の子に何かあっては――」

三津姫は頭を抱えた。

「かくなる上は、奥医師でなくとも、腕に優れた者をお呼びになってはいかがです？」

控えていた浦路が口を挟んだ。

「浦路、誰か、町医者の事情に詳しい者がいないか、皆に訊いてまいれ」

浦路に命じたところで、

「よいお方を存じています」

ゆめ姫が切り出した。

「そなたが？」

「池本の屋敷に起居していた頃、お世話になった方です。誓ってたいした名医であられます」

「そなたに任せます」

「それでは――わらわにお任せください」

ゆめ姫は、
藤尾に命じた。

「今から、中本尚庵先生をお連れするように」

「わかりました。それなら、お安いご用でございます。すぐに行ってまいります」

藤尾は一人、大奥を出て行った。

藤尾が中本尚庵を伴って戻ってくる間、姫は浦路の部屋で待っていた。

「姫様はまたしても逞《たくま》しくなられましたね」

滅多に表情を崩さない浦路が目を細めた。

「御台様と姫様のやりとり、この浦路、冷や冷やしながら聞いておりましたが、押すところは押し、退《ひ》くところは退く、いやはやお見事でございました。亡くなったお菊の方様は、たおやかなご様子のお見かけとは違って、ご自分のご意志をはっきり持たれていた方でしたから、今の姫様をごらんになったら、さぞかしご満足であらせられることでしょう」

「この顚末《てんまつ》を案じて、肝を冷やされているかもしれませんよ」

――生母上が姿をお見せにならないのは、わらわ一人の力で何とかしなさいとおっしゃりたいのだわ――

一刻《とき》（約二時間）ほどして藤尾が中本尚庵と共に大奥に戻った。

尚庵はすぐにお美央の方の部屋へと駆けつけ、診察を済ませると、三津姫に目通りの運びとなった。

ゆめ姫は尚庵に身分を明かすことができないのであえて隣室に控えることにした。

「中本尚庵でございます」

尚庵は緊張した面持ちで名乗った後、

「お美央の方の容態は？」

訊いた三津姫に、

「何と申し上げたらよろしいのか――。ご病気はご病気なのですが――」

首をかしげた。

「お腹の子は大事ないのでしょうね」

三津姫は念を押した。

「お美央の方様にこれといった大事はございませんが、ただ、お腹に子はおられません」

尚庵は困惑した顔になった。

「それでは、時すでに遅く、流れてしまったと？」

「いいえ、そうではございません。お方様は、もともと身籠もってなどおられないのです」

「嘘《うそ》を申すでない」

「本当でございます」

「だが、お美央の方はあのような大きなお腹をなさっておられました。月のものも止まっていると伺いました」

浦路も三津姫に加勢する。

「気持ちだけで身籠もった場合も、そのような様子になることがあるのです」

「では、お美央の方はわたくしたちを偽っていたというのか？」

「ご本人には偽っているつもりはないと存じます。再三、流産ではないとお話し申し上げましたが、耳を貸さず、泣かれるばかりなので、少しお休みになって、お気を鎮めていただくよう、お薬をさしあげたところです。今後は身体ではなく、心の治療が必要になりましょう。しばらくは、わたくしが処方した煎《せん》じ薬をお続けになってください」

そう言い置いて、中本尚庵は大奥を辞した。

その後、半日ほど眠り続けて、目覚めたお美央の方は、何もかも包み隠さず話したいからと、姫と浦路を枕元に呼んだ。

「いらしていただけたのですね」

すでにお美央の方は涙ぐんでいる。

「このようになりました」

夜着をずらして見せてくれた、お美央の方の張り出ていた腹部は平たくなっていた。

「わたくしが孕《はら》んでいたのは、人の子ではなく、どろどろした嫉《ねた》みだったようです。月のものが止まった時、奥医師の渋谷宗悦先生がすぐ、懐妊とお見立てになりました。それ以来、すっかりそうだと信じ込み、なぜか、不安ばかりが募って、いつしか、お雪の方様やお梅の方様を憎み、恨むようになっていたのです。姫様が察せられたように、わたくしはお雪の方様を殺め、雛をすり替えて、お梅の方様に罪を着せようと、あの夜、庭に忍びこみました、赤い組紐を手にして――」

浦路が険しい表情で訊いた。

「首を絞めずにどのように殺めたのです？」

「いいえ、わたくしは殺めてなどおりません。これだけは本当です。わたくしがお雪の方様の枕元に立った時、すでにお亡くなりになっていました。あわてたわたくしは、計画通り、雛を置いて逃げました。急に怖くなったのです。その際、赤い組紐を広縁の下に投げ込みました」

「嘘の言い訳をすると許しませぬぞ」

かっと目を見開いた浦路の剣幕に怯えながら、

「嘘ではございません、嘘など申しておりません」

お美央の方はまた泣き出した。

この告白を聞いた三津姫は、

「そなた、お美央の方の申していることは真実と思いますか？」

ゆめ姫に訊いた。

「お雪の方の亡くなった理由が、まだ突き止められず、絞めた痕も首に残っていません。殺されたという、確固たる証がないのですから、今のところは、殺していないとおっしゃる、お美央の方の言い分を信じてはいかがかと思います」

「なるほど。筋が通っていますね。大奥から罪人が出るのは嫌なものですし――」

三津姫は納得した。

夕餉近くになって、やっと西の丸に帰り着いたゆめ姫は、

「長い一日でした。それにしても疲れました」

大きなため息をつき、

「やはり、なにゆえ、お雪の方は命を落とされたのかが気にかかりますね」

藤尾に呟《つぶや》くと、

「今日は早く休みます」

夕餉もそこそこに早々に床についた。

縁側からからたちの生《い》け垣《がき》が見えた。やっと夢治療処に帰ってきたのかと安堵《あんど》しかけて、

――ああ、これは夢なのだわ――

気がついて茂みに目を凝らした。

〝ゆめ姫様〟

細い絹糸のような声が聞こえた。

〝お雪の方？〟

からたちの生け垣の中にぼーっと白い光が宿って、やがて、以前の夢の美女が現れた。柳腰が少女のように見えるお雪の方である。

〝何を思い残されておいでなのです？〟

〝わたくしが何で死んだか、お伝えせねばと――〟

〝どうか、お話しください〟

〝わたくし、鶴のような姿で生涯いようと決めたのです〟

〝見目形にこだわっておいでだったのですね〟

〝実家の期待を背負っておりましたから、それには、何より上様にお気に入っていただかなければと、たいそう気負っておりました〟

〝鶴になるために何をなさっておいでだったのです？〟

〝お米と甘い物を控えておりました。それから鶴のようになる薬を飲んでいたのです〟

〝そんな薬、あるのでしょうか？〟

〝白粉です。鶴のあの変わらぬ羽の白さ、あのような白い肌を保つためには、白粉しかないと思い詰めたのです。肌につけてあれほど映えるものなら、身体にもよいに違いないと

——。外からだけではなく、内からも白く清らかになろうと思ったのです。ところが、これを始めてからというもの、眩暈《めまい》や吐き気がするようになりました。でも、皆様からはますます白く、抜けるような肌になったと言われ、食欲が失せて、お菓子に手が伸びそうになることもなくなり、これは有り難いことだと思いました〟

白粉には鉛の毒が含まれていて、女たちは多少の害を承知で肌に塗る。

——鶴のように美しくなれると信じて、そんなものを口にしていたなんて——

〝ずっと白粉を飲み続けたのですか〟

〝ええ。そして、あんなことに。気がついてみたら、自分の骸《むくろ》を見下ろしていました。床について、眠っている間に、弱った心の臓が止まったのだとわかりました。死んでしまったのだと——。なぜか、ほっとしました。これで、もう、大奥に縛られていることも、毎日白粉を飲んで、痩せた身体と白い肌を保つこともないのですから。実家の父たちの願いを叶えたくても、これもまた、できぬ相談になりました。解き放たれたと感じたのです〟

〝とはいえ、光は見えなかったのですね〟

〝ずっとこの先、闇《やみ》の中を彷徨《さまよ》わねばならぬほど悪いことをした覚えはないので、これはきっと、わたくしの亡くなった理由にまつわることに違いないと思いました。それで、一度、姫様に夢でお話しさせていただいて以来、静かになりゆきを見守っていたのです。罪を着せられようとしたお梅の方様がご無事で、心を病まれたお美央の方様が、罪を犯さずによかったと思います〟

そう言い終えたお雪の方の前に、まばゆい光が開け、溶け込むようにその身体がすっと消えた。

——お雪の方もこれでやっと安らぎのあるところへ旅立たれた——

翌日、姫はこの顚末を三津姫や浦路に話した。

「お雪の方は美しい容姿を保つため、命を賭《か》けてしまわれていたのですね。何とまあ、馬鹿なことを。心を患っていたのはお美央の方だけではなかった——」

三津姫は悲痛な声を上げた。

「何もかも諸悪の根源は父上です。父上さえ、御側室方に美しさばかり望まれることがなければ」

ゆめ姫は父将軍について、手厳しい物言いをして、

「ですから、あのような振る舞いに到ったお美央の方を、温かく見守っていただきたいのです。それから、お梅の方のお悩みにも、どうか、お耳を傾けてください」

頼んで頭を垂れた。

姫の進言によって、お美央の方は病気療養という名目で大奥を離れ、尼《あま》寺の離れで、心穏やかな日々を過ごすこととなった。これにはお梅の方が付き添いを志願して許された。

お美央の方の懐妊が気持ちゆえであると見破れなかった、産科の法眼渋谷宗悦は解任され、代わって中本尚庵が奥医師に加えられた。

上巳の節供は取り止めになるのではないかと、大奥中が気を揉《も》んだが杞憂《きゆう》に終わった。

上巳の節供の前日の朝、大広間にお菊の方の形見である打ち掛け、匹田絞りの菊模様が広げられていて、通りかかった将軍がそれを目にしたからである。

――あら、いつの間に――

姫は藤尾に訊いてみたが、

「わたくしが、そんな勝手をするわけがございません」

たしかにその通りなのだろうが、

――そうなるといったい誰が？――

廊下ですれちがった浦路がこほんと一つ咳払いした。

お菊の方の形見を目にした将軍は、目をしばたたかせ、

「そうか、そうだったか」

女雛は忘れ形見のゆめ姫をおいてあり得ないと言いだした。

こうして姫は父将軍とお花畠の東屋に並んだ。

〃お似合いですよ。これで、何もかも丸く収まったではありませんか〃

春の風が、そよそよと温かく、細く美しいお菊の方の声を運んできていた。

本書は、二〇〇七年九月～二〇一〇年一月の間に廣済堂出版より刊行された「余々姫夢見帖」全七巻から、タイトルを変更し、再構成した上で、全面改稿いたしました。

時代小説文庫
わ 1-41

鬼《おに》がくる ゆめ姫事件帖《ひめじけんちょう》

著者 和田《わだ》はつ子《こ》

2017年4月18日第一刷発行

発行者 角川春樹

発行所 株式会社 角川春樹事務所
〒102-0074 東京都千代田区九段南2-1-30 イタリア文化会館

電話 03(3263)5247[編集] 03(3263)5881[営業]

印刷・製本 中央精版印刷株式会社

フォーマット・デザイン＆シンボルマーク 芦澤泰偉

ISBN978-4-7584-4086-8 C0193

http://www.kadokawaharuki.co.jp/[営業]
fanmail@kadokawaharuki.co.jp[編集] ご意見・ご感想をお寄せください。

時代小説文庫

和田はつ子
あおば鰹《がつお》
料理人季蔵捕物控

書き下ろし

初鰹《はつがつお》で賑わっている日本橋・塩梅屋に、頭巾を被った上品な老爺がやってきた。先代に〝医者殺し〟(鰹のあら炊き)を食べさせてもらったと言う。常連さんとも顔馴染みになったある日、老爺が首を絞められて殺された。犯人は捕まったが、どうやら裏で糸をひいている者がいるらしい。季蔵は、先代から継いだ裏稼業〝隠れ者〟としての務めを果たそうとするが……(「あおば鰹」)。義理と人情の捕物帖シリーズ第三弾。

和田はつ子
お宝食積《くいつみ》
料理人季蔵捕物控

書き下ろし

日本橋にある一膳飯屋〝塩梅屋〟では、季蔵とおき玖が、お正月の飾り物である食積の準備に余念がなかった。食積は、あられの他、海の幸山の幸に、柏や裏白の葉を添えるのだ。そんなある日、季蔵を兄と慕う豪助から「近所に住む船宿の主人を殺した犯人を捕まえたい」と相談される。一方、塩梅屋の食積に添えた裏白の葉の間に、ご禁制の貝玉(真珠)が見つかった。一体誰が何の目的で、隠したのか!? 義理と人情の人気捕物帖シリーズ、第四弾。

時代小説文庫

和田はつ子
旅うなぎ
料理人季蔵捕物控

書き下ろし

日本橋にある一膳飯屋〝塩梅屋〟で毎年恒例の〝筍尽くし〟料理が始まった日、見知らぬ浪人者がふらりと店に入ってきた。病妻のためにと〝筍の田楽〟を土産にいそいそと帰っていったが、次の日、怖い顔をして再びやってきた。浪人の態度に、季蔵たちは不審なものを感じるが……(第一話「想い筍」)。他に「早水無月」「鯛供養」「旅うなぎ」全四話を収録。美味しい料理に義理と人情が息づく大人気捕物帖シリーズ、第五弾。

和田はつ子
時そば
料理人季蔵捕物控

書き下ろし

日本橋塩梅屋に、元噺家で、今は廻船問屋の主・長崎屋五平が頼み事を携えてやって来た。これから毎月行う噺の会で、噺に出てくる食べ物で料理を作ってほしいという。季蔵は、快く引き受けた。その数日後、日本橋橘町の呉服屋の綺麗なお嬢さんが季蔵を尋ねてやって来た。近々祝言を挙げる予定の和泉屋さんに、不吉な予兆があるという……(第一話「目黒のさんま」)。他に、「まんじゅう怖い」「蛸芝居」「時そば」の全四話を収録。美味しい料理と噺に、義理と人情が息づく人気捕物帖シリーズ、第六弾。

和田はつ子の本

青子の宝石事件簿

青山骨董通りに静かに佇む「相田宝飾店」の跡とり娘・青子《おうこ》。彼女には、子どもの頃から「宝石」を見分ける天性の眼力が備わっていた……。ピンクダイヤモンド、パープルサファイア、パライバトルマリン、ブラックオパール……宝石を巡る深い謎や、周りで起きる様々な事件に、青子は宝石細工人の祖父やジュエリー経営コンサルタントの小野瀬、幼なじみの新太とともに挑む！　宝石の永遠の輝きが人々の心を癒す、大注目の傑作探偵小説。

ハルキ文庫